蓮水涼
Ryo Hasumi
Illust. RAHWIA
冷徹帝には本命がいるらしいので、
お飾り妃は好きに生きます
～魔力なしでお役御免のはずが、想定外の溺愛が始まりました～

ディラン
アルデニスタ帝国の皇帝。
後継者争いで兄を殺したことで
「冷徹帝」と呼ばれている。ある秘密のために
ユファテスと距離を取っていたが…？
ユファテス
魔力なしの落ちこぼれと家族から
虐げられてきたソリアス王国の第四王女。
父王の命令でディランの元に嫁ぐが、
早々にお飾りであることを知り、好きに過ごすことを決意。
動物が好きで、心を通わすことができる。

ジェイス
皇帝近衛隊第一連隊長で
ユファテスの護衛。
ディランとは士官学校からの
付き合いでよき理解者。
リズベル
ユファテスの侍女。
エルヴィーナを慕っており、
皇妃であるユファテスを
よく思っていないようで…？
エルヴィーナ
戦線で活躍し、功績が認められた
清廉潔白な聖女。噂ではディランと
叶わない恋をしているらしく…？

「これだけは忘れないでくれ。
君がもし『好き』という感情を理解して、
その感情を向ける相手を見つけたとしても――」
「君は、俺の妻だ。
俺の妃だ」
すっと伸びてきた指先が、
ユファテスの首筋の一点に触れた。
そのせいで先ほどのことを
思い出してしまい、顔に熱が集まる。

冷徹帝には本命がいるらしいので、お飾り妃は好きに生きます

～魔力なしでお役御免のはずが、想定外の溺愛が始まりました～

蓮水 涼
Illust. RAHWIA

目次

プロローグ

正直に言うと、ユファテスは今日という日に期待をしていた。

――が。

結婚式で愛を誓うキスが、こんなにも冷たいのだと初めて知った。

妻に向けられる夫の瞳が、こんなにも無感情だというのも、今この瞬間に知った。

互いの唇がゆっくりと離れていく時、ユファテスは自分の夫となる男をジッと見つめる。

うなじに少しかかるくらいの黒髪は後ろに撫でつけるように緩くセットされていて、意思の強そうな金色の瞳とあいまって精悍な美しさを放っている。

真っ白な軍服とマントが、その美しさを一層引き立てているようだ。

――ただ。

(これが、容赦なく兄皇子を血染めにした、冷徹帝)

噂なんて信じるだけ無駄だと思うユファテスでさえ、彼から滲む雰囲気と冷めたような視線から、今回ばかりは噂が正しいかもしれないと思ってしまう。

身体が離れると、なんとなく俯いた。政略結婚とはいえ、人生で初めてキスをしたという照れが遅れて胸の内に広がったせいだ。

けれどそんな初心《うぶ》な乙女のような反応ができたのは、ほんの一瞬である。

俯いた頭の天辺に、耳触りのいい小声が降ってくる。

「これで君と俺は夫婦になったが、妻として君がなにかする必要はない」

突然の言葉に驚く声も出なかった。

参列者は誰も気付いていない。祭壇にいる大司教だけが戸惑う視線を彼に向けている。

「もちろん、皇妃としても同じだ。それと、俺にはなにも期待しないでくれ」

ユファテスは顔を上げようとして、思いとどまった。

逆に臣下の礼を取るようにさらに頭を下げ、簡潔に答える。

「……かしこまりました、ディラン陛下」

これが愛のない結婚だとは知っていた。

ただの政略結婚で、それが王女である自分に課せられた義務だとも理解していた。

なのに、自分はいったいなにを期待していたのだろう。

聖堂内を埋め尽くす拍手の音が、ユファテスの耳には虚しく響いた。

第一章　冷徹帝のもとに嫁いでみたら

結婚式が無事に終わり、ふたりの侍女に身支度を整えてもらったユファテスは、寝室で夫となったアルデニスタ帝国の皇帝ディラン・クロード・アイレスを待っていた。

理由はもちろん、初夜のためだ。

しかし待っても待ってもやってこないディランに、猫を被るのをやめたユファテスはベッドにダイブした。

「はぁ。結婚式のこともありますし、嫌な予感はしてましたけど……案の定来ませんね」

もぞもぞと掛布を肩まで被り、頭を枕にのせて目を瞑る。

この結末はある程度想像できたことだった。なにせ夫から直接『俺にはなにも期待しないでくれ』と言われたのだ。それは暗に、夫側にこの婚姻を平穏に続けていく意思がないと示されたようなものである。ならば初夜に来ないのも然《さ》もありなんだ。

それにこの部屋。ここは実は、夫婦の寝室ではない。

式が終わった後に案内された、ユファテス自身の寝室である。

それも、夫の部屋から離れた位置にある角部屋。

「さすがにあからさまですよ、陛下」

ぽつりと呟く。

少しずつ春が訪れ始めているとはいえ、夜はまだ冷えるこの時期。寒い、とユファテスは身体を丸く縮こまらせた。

閉じていた瞼を少しだけ上げる。

（部屋の場所はあれでしたけど、このシーツはすごく滑らかです。気持ちいい）

これほど質のいい寝具で眠れるのは初めてだと、こんな状況でもユファテスの口角は上がった。

ユファテス・ヴァーテミリオンは、ソリアス王国の第四王女だった。

今回の婚姻は祖国のソリアス王国と、アルデニスタ帝国との間に結ばれた政略的なものだ。アルデニスタから申し出があり、王女なら誰でもいいという要望にユファテスを送り込んだのは父王である。

それぞれの思惑は聞かされていないけれど、父王の思惑ならユファテスも簡単に推測できた。単なる厄介払いだ。

なにせユファテスは、魔力至上主義国家《ソリアス》の王女でありながら魔力を一切持って生まれなかった、欠陥品なのだから。

雪原のように白く輝く髪と朝焼けを閉じ込めたような瞳は王族の血をしっかりと受け継いでいるのに、魔力だけは受け継がなかった。

おかげで両親からもきょうだいからも邪険にされ続けてきたが、そんな彼らとやはり血縁関係はあるようで、ユファテスは落ち込んでもタダで起き上がるタイプではない。

気の強い母、腹黒い父、傲慢な兄や妹に、高飛車な姉や弟。

そんな彼らに嫌みをぶつけられながら育ったユファテスは、『人生なんとかなる』という自信だけは人一倍ある人間になった。実際に今日までなんとか生きてこられたのだから、その自信にも拍車がかかるというものだ。

(ただ、ここでは本当に、独りなんですね)

じわじわとその実感が湧いてくる。

ユファテスがこの国にやってきたのは、今日から約三日前のこと。

国境までは自国の馬車が、国境を越えてからはアルデニスタの馬車が、ユファテスを皇宮まで運んだ。

もともと頼りにしていた人間はひとりもいなかったけれど、それでも顔なじみは国境ですべて入れ替わった。周りは知らない人ばかりで、祖国にいた友だちとも別れてしまった。

そう思うと、さすがのユファテスの中にも小さな不安の種が芽吹くというものだ。

知らない国で夫に嫌われ、これから先ちゃんとやっていけるのだろうか。

(いや、ダメです。そこは考えないでおきましょう。考えると気が滅入ってあの人たちが喜ぶだけですし……って、そっか。もうここにはお父様もお母様も、お兄様もお姉様もみんな、誰

もいないんでした）

独りとはつまり、裏を返せばそういうことだ。友だちがいない状況に心細くはなるけれど、今まで自分に悪意を向けてきた人間もいないのだ。

だから冬に冷水を浴びせられることも、無駄に使いっ走りをさせられることも、たまに呼ばれる家族の食卓でひとりだけ床に食事を置かれることも、もうない。

そう考えたら、明らかに歓迎されていない雰囲気の中でも睡魔がやってきた。

そして思う。もうこの際、それでいいのでは、と。

最初はまだ見ぬ夫に淡い期待を寄せたけれど、それはユファテスのような人間には高望みだったのだ。自分の周りから悪意が消えただけでもありがたく思うべきだろう。

早々に夫の愛を諦めたユファテスは、もう一度瞼を落として本格的な眠りへと入っていく。

さすがに今日は疲れたなと、今後については明日考えればいいやと思考を放棄した。

――夜も深くなってきた頃、カチャ、とわずかな音を立てて寝室の扉が開《ひら》く。

夢見心地のユファテスは侵入者に気付かない。

その侵入者の手元で銀色のなにかが光り、シーツに一滴の赤い雫が染み込んだ。

忙しないノック音で、ユファテスは目を覚ました。

コンコンコン、じゃない。

ゴンゴンゴンゴンゴンッ！だ。

何事かと飛び起き、どうぞと応えた途端に乱暴に扉が開けられる。

寝ぼけ眼を擦って完全に覚醒しようとするユファテスのことなど見向きもせず、入室してきた相手――侍女のリズベルがいきなり掛布を奪ってきた。

ぽかんと固まる間にも、リズベルの奇行は続く。邪魔だと言わんばかりに身体をどかされ、その時になにか見つけたらしく、彼女が今にも舌打ちしそうな顔をする。

「え、えっと？」

「おはようございます～、ユファテス様」

「お、おはよう、ございます」

リズベルは、昨日の初夜のために身支度を整えてくれた侍女のひとりで、十八歳のユファテスと年の頃も同じの華やかな少女である。柔らかそうな栗色の髪は複雑な編み方がされていて、第一印象は『器用そうな子』だった。

ただ、いくらユファテスが邪険にされていた元王女とはいえ、空気は読める。いや、むしろ邪険にされていたからこそ、他者の醸し出す空気に敏感だと言ってもいい。

彼女はおそらく、ユファテスを歓迎していないひとりだろう。

昨日の結婚式でもちらほら見受けられた層だが、ユファテスはその理由を知らない。率直にリズベルに聞いてみようとも思ったけれど、空気を読んだ結果、まだ聞かない方がよさそうだと判断したのが昨日のことだ。

そして今日も、これはまだ聞かない方がいいなと決断した。

代わりに朝のこの突撃について訊ねようと口を開いた時。

「さすがの陛下も、義務は果たされたんですね」

ぽそっと、リズベルが怖い顔でこぼした。

「リ、リズベル？　今なんて……よく聞こえなかったのですが」

「うふふ。なんでもありませんわ。それにまあ、陛下がすでに朝議に出ているのはわかってますし。愛されてないのは一目瞭然ですものね！　かわいそうなユファテス様、どうやら陛下は仕事の方が大切みたいですよ？」

「そうみたい、ですね？」

と答えながらも、なにが残念かはわかっていないユファテスである。自分も祖国では仕事をしていた身であるため、その重要性はよく理解している。出会ったばかりの女より仕事の方が大切なのは当然では、という意見は、やはり空気を読んで飲み込んだ。

（そもそも陛下、来てませんしね？）

そこまではさすがにリズベルにも知りようがないのだろうか。

まだ動けずにいたが、彼女が容赦なくシーツを剥がそうとしてくるので、ユファテスは追いやられるようにしてベッドから抜け出した。

「このシーツは捨てて、別のを……」

リズベルの小声が微かに聞こえてくる。あんなに肌触りのいいシーツを捨てるなんて、なんてもったいないことをするのだろうと思ったが、ちらりと染みのようなものが見えて内心で「えっ」と声をあげた。汚した記憶はないけれど、まさかあれは自分が付けたものだろうか。もしくは見間違いか。

悩んでいたら、もうひとりの侍女であるコレットが寝室に入ってきた。

彼女はチョコレート色の髪を肩で切り揃えた、貴族令嬢にしては珍しいショートヘアスタイルの女性だ。前髪も綺麗に切り揃えられていて、彼女のクールな雰囲気によく似合っている。だから、第一印象はそのまま『クールな子』だった。

実際、彼女の表情筋はほとんど動かない。

けれどユファテスに化粧を施す時や肌に香油を塗る時など、他の細かいところを全部取っても、彼女からユファテスに対する嫌悪感は見受けられない。

今も礼儀正しく入室し、ちゃんとユファテスを見て挨拶をしてくれる。

「おはようございます、妃殿下。朝食の前に身支度を整えさせていただきます」

「おはようございます、コレット。お願いしますね」

「では、先に前室へどうぞ」

促されるままコレットと入れ違いに隣の部屋へ向かおうとした時、背後で侍女ふたりの険悪な会話が聞こえてきた。

「シーツをどうするつもりですか」

「別にいいでしょ！　あんたあっちの肩持つの？」

よくわからないけれど、喧嘩なら止めた方がいいだろうと思って踵を返そうとしたのに、それを牽制するようにコレットから鋭い声が飛んでくる。

「妃殿下は前室へ」

「あ、はい」

祖国から出られたのは嬉しかったが、こっちはこっちで大変かもしれないと思った。


朝の騒動なんてなかったかのようにコレットは黙々と、リズベルは完全に引きずっているらしくむくれた顔で仕事をしている。

ちなみに、朝食の時だけはリズベルのむくれ顔がニヤつき顔に変わっていたのは、おそらく新婚のくせに自室で朝食をとったからだろう。

この様子だと、初夜にディランが来なかったのも合わせて、一気に皇宮内で噂が広まりそうだ。嫁いできた皇妃はお飾りの皇妃だ、と。

（別にそれはいいんですけど……）

リズベルの態度も、昨日のディランの態度も、そしてこれから広まるだろう噂も、ユファテスにとっては特に気にするものではない。ただ、ひとつだけ問題があった。

（私、これを機に自分の家族を作れると思って計画していたのに、このままじゃ作戦一も二も実行できそうにないです）

作戦一は、夫であるディランがユファテスを好意的に思ってくれそうな時のパターンだ。巷では政略結婚から始まる恋というものもあるそうなので、その時は妻として、皇妃として、最善を尽くそうと色々考えていた。

（でも、これが一番無理みたいですし）

作戦二は、ディランが皇妃としてのユファテスのみを求めた場合に発動させる予定だった。要は、妻として愛されなさそうな時のパターンだ。

正直に言うと、こちらの可能性の方が高いだろうなという予測はしていた。だからこの場合は、皇妃としての公務はきちんと全うする一方で、ディランには必要最低限しか関わるつもりはなかった。

（なのに、まさか『なにもするな』なんて言われるとは思っていなかったですよ、陛下）

ここはユファテスにとって他国だ。皇妃になったとはいえ、自分は新参者である。そんな女にいきなり色々手を出されるのは向こうにとってリスクがあるのだろうとは思う。

それでも、全部禁止されるなんて露とも想像していなかった。

（私、このままじゃなにもできません。どうしましょう……）

ユファテスは、祖国ではきょうだいの代わりに執務仕事をこなしていた。

魔力のない自分ではできない仕事があり、だから自分にできることを考えた結果、必然的に事務をするようになったのだ。

そうしないと居場所を見つけられなかった、というのも事実ではあるけれど。

とにかく祖国で休みなく働いていたユファテスにとって、なにもしないというのが一番困るのである。

「妃殿下、私は昼食のことで相談があるため、厨房に行って参ります。なにかありましたらお呼びください」

コレットが無駄のない動きで一礼し、部屋を後にする。

扉が閉まった途端、リズベルの口元が弧を描いたのを見てしまった。

（あ、嫌な予感が）

「ユファテス様」

語尾にハートが飛んだように思うのは自分だけだろうか。リズベルが瞳をきゅるんとさせて近付いてきた。

それはまるでこの部屋のようにかわいらしい笑顔だ。誰が調えたかは聞かされていないけれど、この部屋は白と桃色を基調として家具や壁紙、絨毯が揃えられているので、リズベルのように愛らしい女性によく似合う内装だと初めて入室した時に思ったものだ。

祖国の自分の部屋は、使用人の部屋と大差なく、姉や妹の部屋はもっと華美で眩しかったので、こんなに自分好みの素敵な部屋をもらえたのは思いがけない歓びだった。

「ユファテス様は、陛下のこと、どう思いました？」

「陛下ですか？」

「はい！　せっかく口うるさいコレットがいないので、恋バナしましょうよ」

「こ、恋バナ……！」

そんなお誘いをいまだかつて受けたことのないユファテスには、衝撃の強すぎる話題だ。恋バナが恋の話というのは知っている。

（でも、そのお相手、私なんかでいいんでしょうか。私たぶん、そっち方面のおもしろい話なんてできませんよ!?）

会計予算と政治と語学の話ならできるのに。

しかしそれらが男性にも女性にも不評な話題だというのは、重々承知している。

「えっと、コレットは誰か、好きな方がいるんですか？」

「違いますよぉ！　私じゃなくて、ユファテス様について聞きたいんです！」

「私ですか!?」

「陛下と昨夜、あっつぅ～い夜をお過ごしになったんですよね？」

「え？　それは……」

過ごしてませんよ？と馬鹿正直に答えそうになって、慌てて口を閉ざした。

よくわからないが、どうやらリズベルは昨夜のことを勘違いしており、ディランが寝室を訪れたと思っているらしい。

（これはあれですか？　話を合わせた方が無難なやつですか？　見栄を張るみたいで恥ずかしいですけど、離縁されて国に戻されるのだけは絶対に嫌なので……ごめんなさい陛下！）

心の中でディランに謝罪をして、ユファテスは曖昧に笑ってみせた。

「もしかして、リズベルにも結婚間近な方が？　それで話を聞きたいんですか？」

「まあそんなところです～」

「心配しないでください。こういうのは、あれです、人それぞれですから。夫婦の数だけ色々あると思うんです。緊張するかもしれませんが、頑張ってください！」

「そういうことじゃないんです～」

リズベルのかわいい顔に十字形の怒筋が浮かんだような気がする。なんとか話を逸らして明言を避けようとしたのに、悪足掻きの小細工は易々と見破られてしまったようだ。

頬を膨らませるリズベルは、しかし次にはもうニッと笑っていた。

「じゃ～あ～、代わりに私が、とっておきの恋バナをしてあげます」

「ほう！　ぜひ」

自分が話さなくて済みそうな流れに安堵して、脊髄反射並のスピードで食いついた。

「ユファテス様は他国の人ですから、知らないかもですけどぉ。実は陛下は、叶わない恋をなさってるんです」

「えっ」

まさかの自分の夫の話題に素直に驚く。

冷徹帝の名の通り、冷え冷えとした瞳を持つあの彼が、まさか恋に胸を焦がしていたなんて。

しかもあの美貌をもってしても〝叶わない〟だなんて、相手はいったい誰だろうと興味をそそられる。

「ちなみにお相手は？」

「聖女様ですわ。知ってます？　聖女のエルヴィーナ様」

「ええ、お名前は。確か、アルデニスタ帝国とリアリス王国との間で起きたトレオール戦線で活躍した女性、ですよね」

「あら、トレオールのことを知ってるんですね」

「はい。隣国の出来事ですし、あれは祖国にも影響がありましたから」

リズベルがつまらなさそうに相槌を打つ。

「王女様には興味なんてないものとばかり思ってましたわ」

「ええっと、普通の王女は興味ないものですか、そういうの」

「知りませんよ。少なくとも私は、勝ち負け以外に興味ないですしぃ」

「そ、そうですか」

返事をしながら、脳内で今の話を話題NGリストに加える。

どうにもユファテスは、一般的な女性が選ぶ話題とはかけ離れた話をしてしまうらしく、そういうところもこれまできょうだいたちの癇に障ったようなのだ。

以来こうしてNGリストを作り、同じ失敗をしないよう気を付けている。

「そんなことより！　陛下はそのエルヴィーナ様を想ってらっしゃるんです！　おふたりは相思相愛で、でも身分という障害があって——つまり私の言いたいこと、わかります⁉」

そう言われたユファテスは、思案するように視線を斜め上にやって、リズベルの話を整理した。

そして時間をかけずに答えに辿り着き、笑顔でそれを口にする。

「つまり、陛下とエルヴィーナ様の恋路を邪魔するなって話ですね！」

ここでなぜかリズベルが半目になった。

「なんか思った反応と違うんですけどぉ……あれ？　ユファテス様、陛下のことどう思ってます？」

「夫です」

「そうじゃなくて！」

リズベルが頭を抱えている姿が、なんとなく祖国のきょうだいに重なって見える。

特に姉や妹がそうだったが、ユファテスの発言に彼女たちがこんな風に自分の頭をかきむしることはよくあって、彼女たち曰く、話が通じていない苛立ちからだという。

自覚はないけれど、この場から逃げた方がいいと経験で知っているユファテスは、話題を変えることにした。

「リズベル。私、散歩がしたいんですけど、大丈夫でしょうか？」

「え？　散歩？　急ですね」

「はい！　今閃きましたから」

妻としても、皇妃としても、なにもさせてもらえないユファテスだ。

だったらまずはここで暮らす者として、皇宮内について知ろうと思った。これならこの場からも逃げられる。

それに、いずれはと計画していた友だち作りも、今こそ実行に移すチャンスだろう。

「別にいいですけどぉ。私は一緒に行きませんよ、面倒ですし。日焼けしたくないですしぃ」

「もちろんです。リズベルは休んでてください。昨日は式で大変でしたでしょうし、今朝も一番に来てくれましたもんね。――そうだ、じゃあ私が散歩中は、休憩時間にしましょう。コレットが戻ってきたら彼女にもそう伝えておいてください」

「はっ？」

「では行ってきますね！」

元気よく部屋を飛び出すと、部屋の外で護衛してくれていたらしい黒の軍服に身を包んだ男のひとりに呼び止められる。

さすがのユファテスも護衛なしに皇宮内を自由に歩けるとは思っていないので、大人しく事情を説明し、ついてきてくれないかと相談した。ダメと言われたら部屋に戻ればいいだけだ。

「う～ん。まあ、大丈夫でしょう。私がお供します」

「ありがとうございます！　えーと……」

「ご挨拶が遅れました。私は妃殿下の筆頭護衛を拝命した、皇帝近衛隊第一連隊長のジェイス・オールドです。兵士への不満は私に遠慮なく仰ってくださいね」

（れ、連隊長⁉　こんなに若そうなのにですか？）

見た目から推測される年齢は二十代半ばあたりだろうか。丸みを帯びた髪型と、少し目尻が垂れ下がっている容貌から、猛者揃いと聞いていた連隊長格にはとても見えなかった。

でも確かにそう言われると、彼の赤い瞳の奥には見た目通りの優しさ以外のなにかが隠されているようにも見える。油断ならない瞳だ。

驚きつつも、ユファテスの口はしっかりと挨拶を返していた。

「私はユファテスと申します。まさか責任者の方だったとは知らず、これからよろしくお願いしますね」

若くしてその地位にいる彼に素直に感心したものの、どうやら向こうはそう捉えてくれなかったらしい。

「こんな若造が責任者だと、やっぱり不安ですか？」

「そんな、逆です。若いのに筆頭を任されるなんてすごいと思いますよ」

「そうでしょうか。近衛隊は『貴族のボンボン部隊』とも言われているんですよ」

貼りつけたような笑みでそう教えられて、ユファテスはきょとんとする。

これは謙遜しているのだろうか。でもその割には、ジェイスは悪戯《いたずら》っ子のようなわくわく感を隠せていない。

空気は読めるユファテスだが、その空気をどう解釈するかの技量はまだまだ未熟なところがある。現に、笑顔で自虐するジェイスの考えが読めない。

なのでここは素直に本心を伝えようと思った。

「私はそれを今初めて聞きましたが、それでも、すごいと思うことに変わりはありません。私は陛下がどれほど優れた方か知っています。それはここ数年のアルデニスタ帝国の政策を見ての感想です」

その手腕はとても勉強になったものだ。中には祖国でも取り入れられそうな施策もあって、ユファテスはよく参考にさせてもらった。

「その陛下が、ジェイスを今の地位に任命した――だったら年齢なんて関係なく、あなたはすごい方だと思います」

そしてそんな人材を自分につけてくれるディランを、やはり尊敬できる人だと思った。

彼にはユファテスと家族を作る意思はなさそうだし、想い人もいるようなので、夫としての彼には期待しない。

けれど、ユファテスが尊敬した為政者としての彼は、ちゃんと健在なのだ。

仕事とプライベートを分ける人なのだろうと思えば、結婚式の時についた傷も幾分か和らぐようだった。

「ははっ、なるほど。すみません、これは私が悪いですね。妃殿下がどんな方か知りたくて意地悪をしてしまいましたけど、もう二度と試すような真似はいたしません。でも、意外と人たらしな方なんですね、妃殿下は」

「えっ」

試されていたのか、とちょっとショックを受けたのは秘密である。

散歩という名の皇宮探検は、ジェイスが案内役を買って出てくれた。

政治の中枢である中央棟は避けて――出仕している人々の邪魔になるといけないので――それ以外の皇族の居住区、軍事棟の一部、図書館、温室などを見て回った。

最後に庭園にやってきたけれど、いくつかあるので今日はメインガーデンのみ案内してくれるという。

するとジェイスは、庭園ではなく、庭園と皇宮の大広間を繋ぐ外階段を上った。

二階のバルコニーを目指す途中にある踊り場で止まると、「見てください」とメインガーデンの方へ彼が腕を伸ばす。

「ぅ、わあ……！」

風に煽られる髪を押さえながら、ユファテスは視界いっぱいに広がるメインガーデンを眺めた。

中央に大きな噴水があり、その周囲は四つの区画に分けられていて、それぞれに幾何学模様で整えられた生垣がある。各区画を縁取るのは、彩り鮮やかな花々だ。

まるで庭を使って一枚の絵画を描いたような壮大かつ開放的な美しさに、感動を覚える。

「メインガーデンは、まず全体を見ていただいた方がいいかと思いまして」

「はい！　こんな素晴らしい景色が見られるなんて。ジェイスに案内してもらえてよかったです！」

「いえいえ。どうします？　このまま下りて散策しますか？」

訊ねられて、ユファテスはメインガーデンをもう一度見下ろした。

疎らとはいえ人がいる。ベンチに座って談笑している人もいれば、サンドイッチを頬張っている人も。

そこでユファテスは、もうお昼時なのかと気付いた。

「一度部屋に戻りましょうか。長い時間付き合わせてしまってごめんなさい」

「私のことは気にしなくて構いませんが、そうですね、戻りましょうか。侍女が待っているでしょうから」

続きは午後にしようと決めて、ユファテスはジェイスのエスコートを受けながら階段を下りていく。

その途中、メインガーデンに隣接するアプローチに何台もの馬車が入っていくところが見えた。ユファテスの視線を追ったらしいジェイスが説明してくれる。

「あれは聖女様の馬車ですね。午前の慰問が終わって戻ってきたところでしょう」

「聖女様の……」

「ほら、馬車に描かれている紋章が見えますか？　世界神のひとりであり、この帝国において建国の祖と言われる愛の女神リュスタ神の横顔が描かれているんですが、あの紋章を使えるのは聖女様だけなんですよ」

「そうなんですね」

となると、あの馬車の中のどこかに聖女エルヴィーナがいるらしい。

夫であるディランの想い人であり、身分差ゆえに想いを遂げられない人。

「妃殿下は〝聖女〟というものに馴染みがないと思うので、簡単に説明させていただきますね。聖女は我が国でひとりにしか与えられない大変名誉な称号です。今代の聖女様は、トレオール戦線での活躍が認められて聖女となられました」

へえ、と頷く。トレオール戦線で活躍した女性と聖女が同じ人物だったことはリズベルとの会話で知っていたが、まさかその活躍が認められて聖女になっていたとは知らなかった。

「実は彼女は、本物の聖女ではないか、と期待されているんですよ」

「本物の？　じゃあ、偽物がいるんですか？」

「偽物というわけではありませんけど、聖女の称号は、今では国への貢献が認められれば誰にでも与えられるものです。けれど大昔は違いました。〝本物の聖女〟と呼ばれる方々は皆、ある特別な力を持っていたと伝えられています。そのひとつに〝癒やしの力〟というものがあるのですが、今代の聖女様はそれに似た力をトレオール戦線で発揮したと言われているんです」

ユファテスは尊敬の眼差しを馬車に向ける。確か話に聞くエルヴィーナは、ユファテスとそう変わらない年齢だったはずだ。

一方はなんの力も持たずに厄介者として扱われ、一方は力を認められて期待されている。

（すごいです。同じくらいの女の子のはずなのに、期待を一身に背負って、私なんかと違って立派に仕事もしてらっしゃる）

そりゃあ冷徹帝と言われるディランが惚れたとしても、なんら不思議ではない。むしろそんな完璧な人に惚れない方が難しいのではないか。

（せっかくですし好奇心からの見たさはありますけど、ただ聖女様は、私に絶対にいい印象は持っていないですよね……。いくら形だけの白い結婚といっても、普通は嫌でしょうし）

ディランが皇帝である以上仕方ないとはいえ、なんだか申し訳ない気持ちが迫り上がってくる。だからといってユファテスの立場で謝罪するのも相手を刺激するだけのような気がして、近寄らないのが無難だろうかと考えていた、その時。

——ヒヒィーンッ‼

馬の嘶《いなな》きが耳をつんざいた。

「どうした⁉　おい、落ち着け！　止まれ！」

「きゃあああ！」

穏やかな昼下がりが突如として騒然とする。

暴れ出したのは、先頭の馬車を引いていた二頭の馬のうち一頭だ。その馬に当てられた相棒の馬もパニックになっている。

後続の馬車は御者の冷静な判断ですぐにその場を離れたようで、特に問題はなさそうだ。

〈……い。気持ち悪い！　耳になにか入った！〉

「——！」

ユファテスは考えるより先に駆け出していた。

「妃殿下⁉」

その後をジェイスが追ってくる。

御者と衛兵がなんとか馬を宥めようとしているが、近付きすぎた衛兵に容赦なく馬の前脚が振り下ろされようとしている。

衛兵が咄嗟に剣を抜こうとしたので、ユファテスは彼の服を思い切り引っ張った。間一髪で抜剣を止めると、馬に向かって叫ぶ。

「取ってあげるから落ち着いて！」

その瞬間、ぴたりと馬の暴走が止まる。

「あなたも大丈夫ですよ。驚きましたよね。ほーら、大丈夫」

相棒の馬も次第に落ち着きを取り戻すのを見て、ユファテスは暴れた方の馬に近寄った。

「頭を下げてください。中を見ますから」

その言葉を理解しているように馬が大人しく頭を垂れる。鼻息がまだ荒いのは、耳の中に感じる違和感を必死にこらえているからだろう。

ユファテスはまず右耳を見ようとした。

〈そっちじゃないわ。左よ〉

頭の中に響く自分にしか聞こえない〝声〟に従い、すぐ左耳を確認する。少し奥まったところにハエを見つけて、これのせいで暴れたのかと納得がいった。

「そのまま動かないでくださいね。――ハエさん、そっちは行っちゃダメです。こちらが出口ですよ」

ユファテスが語りかけると、ハエもまた大人しく外へ出ていく。

それを見届けて、よく我慢しましたという労いの意味を込めて馬の頭を撫でた。

〈ありがとう、お嬢さん。助かったわ〉

「ふふ、どういたしまして」

その一部始終を、周囲にいた人々が唖然と見やる。

あんなに暴れていた馬が一瞬にして大人しくなったのだ。しかも暴れた原因が馬の耳に入った虫のせいだなんて、この場にいる者は誰ひとりとして気付けなかった。

「……妃殿下。もしかして、厩役《マーシャル》のご経験があったり？」

遅れてやってきたジェイスがおっかなびっくりといった様子で質問してくる。

「まさか。ありませんよ」

「ですよね。冗談です。手並みが鮮やかすぎて圧倒されました。ともかくお怪我はありませんか？　思わず見入ってしまって申し訳ありません」

「怪我はないです。私も勝手をしてすみません」

すると、ユファテスは悪くないと主張するように、暴れていた馬が鼻を擦り寄せてくる。なんとも情に厚い子だ。

「ははっ、一瞬で懐きましたね」

「かわいいです！」

ジェイスとそんなやり取りをしていた時、突然「申し訳ございませんでしたぁ！」という悲愴な声が場に響いた。それもひとつやふたつではない。

気付けばユファテスの周りは、地面に額を押しつける人でいっぱいになっている。

「こ、皇妃様とは知らず……っ」

「暴れた馬はすぐに処分いたします！」

「ですからどうか、どうか我々の命だけは……！」

震え上がる人々に最初はびっくりしたものの、ユファテスはすぅと自分の心が冷えていくのを感じた。

ユファテスは王族だ。だから命の重みに違いがあることを知っている。

本来であれば、王族の命は国民の誰よりも優先されるべきものらしい。

けれどその『本来』に、欠陥王女であるユファテスはこれまで含まれてこなかった。

身分という枠組みを外れても、そういった優劣は存在する。

家族のいる者よりも、身寄りのない者の方が軽く扱われる。

一般家庭の子どもよりも、スラム街の子どもの方が他者に蹂躙される。

そして人間よりも、それ以外の動物の方が簡単に切り捨てられる。

——ちょうど今回の結婚で、ユファテスが切り捨てられたのと同じように。

アルデニスタ帝国の冷徹帝の噂は、隣国であるソリアスにも当然出回っていた。

姉王女も妹王女も、誰もそんな恐ろしい男のもとへは嫁ぎたくないと反抗した。父王も魔法を使える貴重な人材を他国に渡すつもりはなかったようだ。

久しぶりに家族での晩餐の場に呼ばれた時から、嫌な予感はしていた。なにせ、これまでもそういう場に呼ばれた時は、嫌がらせのように無理難題を押しつけられてきたから。

そうしてユファテスは、床に置かれた食事を前に、簡単に家族から切り捨てられた。

まさに、今と同じように。

(笑わなきゃ……この人たちのこれが『普通の感覚』なんだから。笑って、とにかく場を収めないと)

いつまでも頭を下げさせておくわけにもいかない。

ギュッと拳を握り、散々祖国で鍛えた微笑みを作ろうとした時。

「お待ちください。話の腰を折るようで申し訳ありませんが、私からもぜひ謝罪させてくださいませ」

鈴を振るような声がすっと耳に届く。

避難していた後続の馬車から現れたのは、輝かしい金の髪をハーフアップにまとめて、澄んだ青緑色の瞳を憂げに伏せた綺麗な女性だった。見慣れない白い衣装を着ており、ドレスとも違うそれにユファテスは彼女の正体に首を捻る。

「聖女様っ」

「そんな、エルヴィーナ様が謝罪など……！」

周囲の反応から、なるほどと納得した。どうやら彼女が噂の聖女らしい。会わない方がいいと思った矢先に会ってしまうなんて、運命というのはなんとも悪戯好きのようだ。

「初めまして。皇宮神殿で聖女を務めております、エルヴィーナ・ウィレットです。このたびはご迷惑をおかけいたしました。ですが、彼らもわざとではございません。どうか寛大な御心でお許しくださいますようお願いいたしますわ」

彼女が頭を下げると、彼女と共に馬車から降りてきた側仕えの女性たちが、大仰にそれを止め始めた。中には彼女に頭を下げさせたユファテスを睨むような者までいる。

これはまずいと、さすがにユファテスも空気の悪さを察した。

(らしくもなく過去に動揺したせいで……なんか大変なことに巻き込まれてるような感じがしますよ、これ。たぶんリズベルの時と同じじゃないでしょうか)

自分の失態に頭を抱えそうになったけれど、切り替えて微笑みを浮かべた。

「そんな、許すも許さないもありません。これは事故です。エルヴィーナ様の仰る通り、誰も悪くありませんよ。それはもちろん、この子もです」

そう言って、馬の鼻の頭をひと撫でする。

「ですから皆さん、頭を上げてください。それと、人が誰しもミスをするように、馬だってミスをします。一度のミスで命を奪わないであげてください。幸いにも怪我人はいないのですから。ね？」

「は、はい。皇妃様が、そう仰るなら」

「よかった！　ありがとうございます。この子が誰かを傷つけずに済んだのは、御者のあなたが頑張ってくれたからでもあります。ありがとうございました」

「へっ⁉　い、いいいえっ。滅相もありません！」

御者が顔を赤くして別の馬の陰に隠れてしまう。その馬はふんっと鼻を鳴らして〈仕方ねぇおっさんだな〉と呆れていた。

なんだかよくわからないけれど、またなにか失態を犯してしまったのだろうか。

「妃殿下のそれ、無自覚のようですね」

「あの、私、正直に言っただけなんですが。気に障ることでも言ってしまったんでしょうか。なにか知っているなら教えてください、ジェイス」

「気にされなくても大丈夫ですよ。悪いことではありませんから。むしろ長所だと思いますので、私の口からは控えさせていただきますね」

思わず眉間に力を入れてしまう。長所と言う割には彼はくすくすと笑っている。これはもしかして、揶揄われたのだろうか。

まあいいかと、だんだんと和やかさを取り戻してきた場を見回して思う。

一部だけ不穏さを残す集団はいるようだが、そこは彼女たちの心情を慮《おもんぱか》れば当然だろうと思うので、ユファテスはあえて見ないフリをした。

「ジェイス、もう大丈夫そうですし、戻りましょうか。逃げるが勝ちとも言いますしね」

「逃げるが勝ちって、誰かと戦ってるんですか？」

「そんなような感じです」

しかし一歩遅かったらしく、可憐な声に呼び止められる。

「お待ちください、ユファテス様。助けていただいたのに、お礼もしないなんてできません。なにかお礼を……――そうだ、昼食はおとりになりましたか？」

「え……まだです、けど」

「まあ！　それならご一緒にいかがでしょう？　もちろん、私がおもてなしさせていただきますので」

その華やかに綻ぶ顔を見て、ユファテスは困惑した。エルヴィーナは自分を恨んでいないのだろうか。だって、そこに愛がないとはいえ、自分は彼女の想い人を奪った女なのに。

恨まないにしても、そんな女とは一緒にいたくないだろうと配慮したのだが。

（まさか、そんな私とも仲よくしてくれるんですか？　え、神様なんでしょうか、エルヴィーナ様って。本当にご飯、一緒に食べてもいいんですか？）

誰かに食事に誘われるなんて、ユファテスにとっては夢のようだった。

いつもひとりで食べていたし、家族からの誘いにはすべて裏があった。

けれど、女神のように優しげに微笑むエルヴィーナからは、家族のような〝裏〟の気配なんて少しもしない。

ぽけ〜とその美しさに見惚れていた時、ジェイスがこっそりと耳打ちしてきた。

「食事はやめましょう、妃殿下。神殿だと満足に毒味が……って、妃殿下っ？」

熱に浮かされたようにふらふらとエルヴィーナのもとへ近寄ったユファテスは、彼女の側仕えたちが警戒する中、その華奢な手をしっかりと握る。

そして。

「あ、あの、ぜひ！　ぜひ、一緒にお食事、嬉しいです……」

それはさながら恋する乙女のようだったと、後にジェイスから揶揄われたのは言うまでもない。


皇宮の敷地内にあるとはいえ、神殿は建物の造りから雰囲気まで、なにもかも皇宮とは違っていた。

白い柱が何本も並ぶ荘厳な佇まいだ。正面の壁面上部には彫刻が施されており、おそらく神話の一幕だろう。

重厚な扉から中に入れば、大理石が床一面に広がっていた。両端には様々な胸像が並んでいて、すべてここに祀られている人々だろうと推測する。

その大広間を抜けていくエルヴィーナの後をついていくと、楕円形に並ぶ列柱《コロネード》に囲まれた中庭に出た。さらにそこを横切って、やがて神殿に勤める者たちが事務仕事をしたり、寝泊まりしたりする平屋に辿り着く。

その中にある部屋のうち、聖女専用に設えられたという一番広い応接間《サロン》に通された。が、そこにはすでに先客がいたようで、先に部屋に入ったエルヴィーナから喜色の声が聞こえてくる。

「まあ！　陛下が自ら私を訪ねてくださるなんて、なんて嬉しいのかしら。お待たせしてしまいましたか？」

「いや、急に訪ねたのはこちらだ。気にする必要は――」

そこでユファテスの存在に気付いたらしいディランが、金色の瞳をわずかに丸くした。

結婚式ぶりの夫は、相変わらず目鼻立ちのきりっとした美貌を惜しげもなく晒していて、ジェイスと似たような黒い軍服の上にマントを羽織っている。

なんとなくこの場の空気が気まずいものに変わったことを敏感に察知したユファテスは、沈黙を作らないように口を開いた。

「皇帝陛下にご挨拶申し上げます」

礼儀に則って頭を下げれば、顔を上げる許しがすぐに出る。まさかこんな再会を果たすとは思ってもみなくて、内心では動揺していた。

（エルヴィーナ様が挨拶をしなかったのは、しなくても怒られないほどふたりが親密な関係だという証）

となると、ユファテスは完全に邪魔者である。

部屋の中にいた侍女らしき女性たちからも、まるでお邪魔虫を見るような目で睨まれているのを肌で感じている。

しかも、だ。なんとなく圧のようなものを感じて視線を正面に戻したら、なんとディランからも似たような鋭い視線を向けられていた。

「それで、君はなぜ神殿にいるんだ」

眉根を寄せる顔はひどく迷惑そうである。

予想以上に邪険にされて、胸の奥がチリッと痛む。思ったよりも自分がディランの瞳に映っていない現実を突きつけられて、奥歯をぐっと噛みしめた。

いつもならなんでもない風を装えるのに、今笑みを作ったら確実に頬が引きつるだろう。

視界におろおろとするエルヴィーナが映る。この微妙な空気に戸惑っているのが自分だけではないと気付き、ユファテスは己を叱咤した。

せっかく誘ってくれた彼女に迷惑はかけたくない。パンッと大袈裟に両手を叩く。

「そういえば私、侍女たちとお菓子を作る約束をしていたんでした！　せっかくお誘いいただいたのに申し訳ありませんが、ここで失礼しますね、エルヴィーナ様」

「まあ、そうでしたの。それは残念ですね。では、また別の機会にお誘いしてもよろしいでしょうか？」

「は、はい！　それはもう、ぜひ！」

今度はディランのいない時にでも、と心の中で付け足しておく。

「じゃあほら、行きますよ、ジェイス」

「いや、ですが」

「いいですから」

彼の背中を押して部屋を出る際、ジェイスがディランを睨んだような気がした。

だが、気のせいで間違いないだろう。でなければ、ユファテスはジェイスの助命を請う必要が出てきてしまう。まだ知り合ったばかりの彼だけれど、皇帝の怒りに触れて死なせたくないと思うくらいにはその人柄を好ましいと思っている。

来た道を戻りながら、ユファテスは先ほどのディランの姿を脳内に再生した。

まだ来たばかりだったのか、彼はソファに座らず姿勢よく立ち、ユファテスの顔を見るなり目を見開き、次の瞬間にはきゅっと眉根を寄せていた。

妻との初夜には来ないのに、想い人のところへは足を運ぶ男。

（うーん。諦めはしましたけど、やっぱりもともと尊敬してた人だからでしょうか。ちょっと複雑です）

彼が冷徹帝と呼ばれる原因は、兄皇子との後継争いだと知っている。伝え聞く話だと、彼と彼の兄は母親が違い、王妃の子どもである正統な後継者は兄の方だったらしい。ディランは当時の皇帝が皇宮の使用人を孕ませて誕生した庶子だった。

そうして正統な後継者であり、半分とはいえ血の繋がった兄を殺して、彼は皇帝になったという。

戦場では敵に容赦がないのも有名で、彼の悪い噂は枚挙に暇がない。

なのにそんな男が敷く国政は、意外にも民を第一に考えているものが多い。

基礎的な教育しか受けさせてもらえなかったユファテスにとって、噂がどうであれ、その手腕はとても参考になるものだった。

今は齢《よわい》二十三を迎えているが、当時はもう少し若かったはずで、それでも威風堂々と立つ彼に憧憬の念も抱いていた。だから。

（冷徹帝の名にぴったりな冷たい態度しか取られなくても、彼を支えられるなら、きっとこんなモヤモヤもなかったんでしょうね）

でも、彼は皇妃としてのユファテスさえ、不要だと吐き捨てた。

（じゃあもう、私にできることって……）

神殿を出る。午後の日差しは存外暖かくて、エルヴィーナの優しげな笑顔みたいだと思った。それこそ慈悲深い神のような、心温まる微笑み。

「そっか、愛の女神……」

「え？　なにか言いましたか、妃殿下？」

「あ、いいえ！　なんでもないです！」

顔の前で手を振りながら、耳にしたばかりの神の名を思い出す。

アルデニスタ帝国の創造神であり、愛の女神、リュスタ神。

今こそ彼《か》の女神の力が及ぶべきところではなかろうか。

女神の子孫とされる、皇帝ディランに。

（そうですよ……私、友だち作りの他に、やりたいこと見つけました！）

どうせ暇なのだから、お節介くらい働いてもいいだろう。そもそもユファテスが暇なのは、ディランがなにもしなくていいと言ったからだ。自分の発言の責任くらい取ってもらおう。

それにユファテスだって、曲がりなりにもひと癖もふた癖もある貴族の中で働いてきた身だ。損得勘定をまったくしないわけではない。

（おふたりが無事に想いを遂げたあかつきには、離縁する代わりに、第三国へ行くための資金をお願いするっていうのはどうでしょう）

とにかくユファテスにとって一番避けたいのは、祖国に戻されることだ。

魔力至上主義のあの国で、魔力のない自分は生き辛くて仕方なかった。

ユファテスが持っているものといえば動物と話せる力だけれど、これは魔法でもなんでもない。そういう体質というだけで、あの国ではなんの役にも立たなかった。

（よし、そうと決まれば、色々と準備が必要ですね！）

少しだけ未来が明るくなりそうな予感を覚えて、ユファテスは機嫌よく自室に戻った。

第二章　冷徹帝の秘密を知ってしまったら

夫と他の女性の恋路を応援する妻、という図式は端《はた》から見るとかなり異様だが、ユファテスは本気だ。

後々は自分のためにもなるとなれば、やる気も漲るというもの。

問題は、そのために自分がなにをすればいいのか、だ。ここ数日、ずっとそれで頭を悩ませている。

「う～ん、どうしましょう……」

「なにがですか？　そろそろ壁にぶつかりますよ、妃殿下」

目前に大きな手がにゅっと現れた。その手に嵌められた手袋の黒色は近衛隊の兵士にのみ許される色で、同じく黒い軍服に身を包むジェイスの姿が視界に収まる。

必然的に足を止めたユファテスは、おかげで数歩先の壁に衝突せずに済む。

「ありがとうございます、ジェイス」

「いえいえ。それで、なにがどうしようなんですか？」

ふたりは今、厩舎に向かっている。理由は単純で、結婚式の翌日に出会った馬の無事を確かめるためだ。

それと、ユファテスの友だち作りのため。

ユファテスの言う〝友だち〟とは、人間の友人のことではなく、動物のことである。

だから今日は、無事を確かめた後、あの時の馬と友だちになろうと考えていた。

「それがですね、ある人の応援をしようと意気込んだのはいいんですが、具体的になにをすればいいのかわからなくて、壁にぶちあたってるんです」

「なるほど？　そういうのは声援でも送っておけばいいんですよ。皇妃である妃殿下に声をかけられて喜ばない者はいないと思いますし」

それはどうでしょう、と愛想笑いを浮かべる。ユファテスに声をかけられて喜ぶ人は滅多にいない。睨まれるのが常だった。

（人の恋の応援なんてしたことないのに、なんで数日前の私はできると思ったんでしょうか）

自分で自分に呆れる。

（でも、できるできないじゃないですよね。離縁後の自分の命運もかかってるわけですし！）

また無意識に思考の海を潜ったり浮上したりしていたら、いつのまにか皇族の居住区を出て知らない場所を歩いていた。各区域で廊下に敷かれた絨毯の色が異なるとは、ジェイスが教えてくれた豆知識だ。皇族の居住区は深紅だったのが、今は足元から深い青が延びている。

ユファテスの心を読んだようなタイミングで、ジェイスが口を開いた。

「ここは中央棟です。政治の中心地ですね。すみません、厩舎はこちらを通った方が近道だったので、せっかくなら雰囲気も知ってもらおうとご案内しました。ただここは普段あまり人が通らない道ですから、うるさい貴族に会うことはないと思います」

だから安心してください、と彼の微笑みに書いてある。

ユファテスは我知らず胸を撫で下ろしたが、その時人の声のようなものを耳が拾い、ぴくりと反応してしまう。

ジェイスも同じ声を拾ったらしく、それまでは隣に並んでいたのに、ユファテスを隠すように前を歩き始めた。

前方の角から現れたのは、なんとディランだった。

彼はふたりの文官らしき人物を連れており、両側からなにか話しかけられている。その顔は遠目にもわかるほど険しく、ユファテスは思わずジェイスの服を掴んで引っ張った。

どうしたのかと窺うように振り返ってきたジェイスに、なんでもないという意味を込めて首を横に振る。ディランはまだユファテスの存在に気付いていないけれど、直に気付いてしまうだろう。どんどん距離は縮まっている。

ここで焦燥感を覚えるのは、ひとえに神殿で出くわした時の彼の反応を思い出したからだ。

(なにもするなって言われてるのに、こんなところで鉢合わせたら絶対に怒られそうです)

しかし残念ながら、隠れられるところはない。

ジェイスが皇帝へ道を譲るように端で頭を下げた。

ユファテスも慌てて倣い、あわよくばこのまま気付かれずに通り過ぎてくれないかと期待する。

最初はなにを話しているのか理解できなかった声が、どんどん形を成していく。

「――も言わせるな。先の大雨の対策の方が重要だ。貴族共の点数稼ぎに付き合うつもりはない」

「ですが陛下」

「それより支援物資の準備は整ったのか。第三師団は？」

「一応、どちらも準備が完了し、明朝出立の予定です」

「それでいい。それと経済大臣を呼べ。提出のあった企画案で質問があると伝えろ」

「かしこまりました」

ぴりぴりとした雰囲気がユファテスのところにまで波及してくる。視界に映る青い絨毯に意識を集中させて、逸る鼓動を落ち着かせていたら、通り過ぎようとした足がふと止まった。

それに追随するように、他のふたりの足も立ち止まる。

背中に嫌な汗が伝っていく。

「――ジェイス」

「はっ」

なんとも重苦しい声だった。

「なぜここに皇妃がいる。すぐに連れていけ」

「……承知いたしました」

それからすぐに、視野にあった三人分の足が遠ざかっていく。どくどくと脈打つ鼓動が痛覚を刺激して、耐えるように拳を握った。

やがて足音が完全に遠ざかったのを確認してから顔を上げると、ジェイスが申し訳なさそうに頭をかいていた。

「タイミングが悪すぎました。申し訳ありません」

「いいえ、謝るのは私の方です。私と一緒にいなければ、きっとジェイスが怒られることはなかったでしょうから」

気を遣わせないように笑ってみたけれど、ジェイスには効果がなかったようだ。

なんとなく気まずい空気のまま、ふたりは厩舎を目指した。


ジェイスが事前に取り計らってくれていたおかげで、厩舎に着いたユファテスは、厩役の案内のもと目的の馬たちに会えていた。

〈あれ、キミは確か、この前の〉

一頭の馬から聞こえてきた〝声〟に、ユファテスは元気よく返事をした。すると他の馬もわいわいと騒ぎだし、落ち込んでいた気分が浮上してくる。

〈数日ぶりね。あの時は助かったわ〉

振り返ると、一頭の雌の馬が鼻を鳴らしていた。

「皇妃様、そちらの馬がご所望の、以前暴走した馬です。おかげさまで今はもう落ち着いてお り、元気に過ごしてますよ」

「ええ、みたいですね。よかったです」

ユファテスはゆっくりと艶のある毛並みを撫でた。

「私はユファテスです。あなたの名前を聞いてもいいですか？」

〈エリーよ〉

ユファテスの問いに厩役が答えを言うより先に、ユファテスは「エリーっていうんですね！」と手を叩く。

これには厩役はもちろん、そばに控えていたジェイスも目を丸くした。

「あの、皇妃様？　なぜ馬の名前をご存じで？」

あ、とユファテスは口を開ける。なんと答えたものかと迷って、無意識に視線を彼らから外した。

〈ネームプレートがあるわ。それを見たと言いなさい〉

エリーが助け船を出してくれて、ユファテスはその通りにごまかす。

〈ついでに、なんとなく動物の気持ちがわかるってことも補足して。触れ合うのが好きで、だ

からここにいる時はひとりにしてほしいとも〉

「わ、私、なんとなく動物の気持ちがわかるというか、だから祖国でもよく動物と触れ合ってまして、もし許していただけるなら、ここにいる間はひとりにしてもらえると嬉しいのですが、ダメでしょうか？」

ジェイスと厩役が顔を見合わせる。ふたりはわけ知り顔で頷き合うと、快く了承してくれた。

ホームシックだと思われたような気がしなくもない。

仕事に戻るという厩役を見送ると、ジェイスが入り口を指して言う。

「では妃殿下、私はそこで護衛してますので、なにかあればお声がけください」

「わかりました。ありがとうございます」

そうしてひとり残してもらったユファテスは、さっそく友だち作りに勤しんだ。他の馬の名前を聞いたり、みんなから見たこの国のことを聞いたり。

久しぶりに動物と話せたのが嬉しくて、身震いするほどの冷たい風が吹き込んできて初めて日が傾き始めていることに気付く。

慌ててジェイスのもとへ戻ろうとしたら、そのジェイスと目が合った。

「すみませんっ、長く待たせてしまって」

「私は大丈夫ですよ。でもそろそろ戻りましょうか。夜はまだ冷えますからね」

優しく眦《まなじり》を下げる彼はなんて人格者なのだろう。罪悪感で縮こまりながら入り口に向かう。

「それにしても妃殿下って、本当に動物の気持ちがわかってるみたいに話すんですね」

「え？　あー、えへへ」

「びっくりしました。馬がみんな機嫌よく妃殿下と話しているみたいで……気持ちがわかるというより、まるで会話しているみたいでしたよ」

「そ、そうですか？」

心臓がばくばくと鳴っている。まさにその通りなのだが、普通は動物と話せるわけがないと思っているジェイスは、自分が真実をついているなんて夢にも思っていないようだ。

（もし本当にそうだって言ったら、ジェイスもきっと、こんな風に笑ってはくれなくなりますよね）

気味悪がられ、嘘つき呼ばわりされるのはもうごめんだ。

だからエリーたちにそっと手を振って別れの挨拶をしたユファテスは、強引に話題を変えて帰り道を歩き始める。

動物と話せる体質以外ならなんでもいいと選んだ話題は、恋の応援の仕方だった。

「身分差の恋ですか～。妃殿下のお知り合いの方、なかなか難しい恋をしてるんですね」

そう言ったジェイスが、どこか遠くを見つめるように目を細めた。これは昔を懐かしんでいるとか、遠い人を思っての表情ではない。見ているユファテスまで苦しくなるような、切ない顔だった。

「応援したいと仰る妃殿下には申し訳ありませんが、個人的には、あまり身分差の恋はお勧めしません」

「どうしてですか？」

「恋ともつかぬ身分差の末に、辛い経験をした友人がいますので」

だからそんな痛々しそうな笑みを浮かべるのだろうか。ジェイスにとってその友人は、きっとかけがえのない人なのだろう。

「あ、でも誤解しないでください。友人本人が身分差の恋をしたわけじゃないですよ」

「そうなんですか？　じゃあどなたが」

「ご両親です。母親の身分が低いせいで、いらぬ罪と傷を負ったのが友人です。ですから妃殿下のお知り合いの方には、できれば生まれてくる子どものことも考えた上で行動していただきたい――って、私、差し出たことを言ってますね⁉　お叱りも甘んじて受け入れますので、遠慮なくどうぞ！」

急にジェイスが片膝をついて頭を垂れてくる。人目が少ないとはいえ、ここはまだ外だ。そんなところで膝をつかせるなんて以ての外で、ユファテスは慌てて立つよう促した。

「むしろジェイスの事情を考えずに、私の方こそすみません。安易に相談しすぎました。さっきのは聞かなかったことにしてください」

「いえ、私は相談してもらえて嬉しかったですよ。我々の仕事は護衛対象者に信頼されてこそなので」

彼の顔から痛々しさが消えて、ユファテスはホッと息を吐く。

「でもそうですね、妃殿下の信頼に応えるために現実的なアドバイスをしますと、低い方の身分を上げるのが一番手っ取り早いとは思います。兵士なら武勲をあげるとか、兵士じゃなくてもなにか大きな実績を残すとか、やり方はないとは思いません」

「そうなんですね」

「そのふたりの覚悟次第でしょうか。そういう抜け穴を調べてみてはどうですか？と、お伝えしてみるのはどうでしょう？」

「調べる……そうですね、まずはそこからですよね！」

真っ暗だった道にひと筋の光を見出して、ユファテスは明るくお礼を言った。


その日の夜から、ユファテスはさっそく動き始めた。

まずは聖女に詳しそうなリズベルに、ふたりの結婚について確認を取る。すると、前に彼女自身が教えてくれたように「身分差的に結婚は難しいんじゃないですか～」と予想通りの答えを返された。

問題点が確定したところで、次はその解決方法を探るために行動する。そう、ジェイスも言っていた『調べる』だ。

いったいどうやって調べようかと悩んだユファテスだが、入浴時に天啓を得た。やはり考え事はひとりでゆっくりとお湯に浸かっている時にするのがいい。これはユファテスをひとりにしてくれたリズベルのおかげだ。

本来なら、入浴の手伝いはリズベルがしてくれる予定だったらしいが、『ひとりで入れますよね』と彼女が気を遣ってくれたのだ。もちろん入れますと答えた時に渋い顔をされたのは、たぶんユファテスの見間違いだろう。

まあ、その後考え事に集中しすぎたせいで、最終的に浴室の扉を叩かれて『まだ!?　まさか溺れ死んでないでしょうね!?　あなたが死んだら私も死んじゃうんだけど！』と心配させてしまったのは申し訳なかったけれど。

とにかくユファテスが得た天啓というのは、図書館で調べる、というものだ。調べ物と言えば本、本と言えば本屋、でも簡単に外出できない身なので、皇宮内にある図書館を利用すればいいのでは、と閃いた。

そもそもユファテスは、聖女について知らないことが多すぎる。

ジェイスの忠告もあるので下調べはしっかりしておこうと決意し、侍女ふたりが就寝のために下がった後、ユファテスはこっそり部屋を抜け出した。

ちなみに、部屋の扉の前には近衛兵がいたけれど、それはコレットに教えてもらった抜け道を使って難なく突破している。

といっても、コレットはこんなことのためにその道を教えてくれたわけではない。

祖国でもそうだったが、王宮や皇宮には、有事の際に尊い身分の者を逃がすための隠し通路がある。

祖国では王族でユファテスだけがその道を知らされていなかったものの、さすがに政略結婚した皇妃の身の安全は国際問題に関わるからなのか、ここでは教えてもらえた。

そうして辿り着いた夜の図書館は、ジェイスが日中に案内してくれた時とはまるで違う雰囲気を放っていた。

大きなステンドグラスの窓は、昼は柔らかい日差しを招き明るく開放的な空間を作り上げていたけれど、夜は月明かりを浴びて神秘的な空間を演出している。

静かで誰もいない場所は孤独を感じて苦手なはずなのに、ここの空気はむしろ好きかもしれないと思う。

(さ、見入ってないで、聖女様に関する本がどこにあるのか探さないとですね)

広い館内をゆったりと歩いた。

人のいない夜を選んだのは、単純に人目を忍んだからだ。

皇妃として嫁いできたばかりの身で、まさか自分の夫と他の女性の恋路を応援しているなんて知られない方がいいと思っての判断である。

(それにしても、さすがに広いですね。ジェイスに図書館の場所は案内してもらいましたけど、

中までは……こんなことならお願いすればよかったです）

今夜は聖女関連の棚を見つけるだけで終わりそうだと思った、その時。

――カタンッ。

物音が聞こえて、ユファテスは反射的に飛び上がった。

その際近くにあった椅子にぶつかってしまい、大きな音を館内に響かせる。

少しの間様子を窺うような沈黙が落ちたが、先にこれを破ったのは相手の方だった。

死角から突然現れた何者かに机の上に捩じ伏せられ、後ろ手で拘束される。なにが起こっているのかまったく状況が掴めていないユファテスだったが、これがピンチであることはかろうじて理解した。

「こそこそと何者だ。目的は？　吐くなら殺さないでやる」

（こ、殺す⁉）

なんて容赦のない人だと背筋が震える。このままだとまずい。手が使えないなら足だと、ちらりと見えた相手の足を踵で踏んづけようとした。が、勘づかれて躱されてしまう。仕方ないので、浮かせた足をそのまま相手の脛目がけて蹴りを入れてみた。

だが、ぱしっと片手で防がれる。

「足癖の悪い女だ」

これでもユファテスは、自分の身は自分で守れるだけの術を持っている。それは育った家庭の影響もあるけれど、一番の理由は友だちである動物たちだ。頭に血が上って理性を手放した動物は、時に人よりも恐ろしい力を発揮する。

そんな彼らを宥めるために手に入れた力を、相手はいとも簡単に封殺した。つまり、かなりの手練れである。

そんな相手に言葉での説得が効くかは微妙なところだったけれど、他に手のないユファテスは正直に答えることにした。

「怪しい者に見えるかもしれませんけど、ここには本を探しに来ただけです。なにも企んでなんかいませんっ」

「本？　その前に待て。その声は——」

うつ伏せの状態で拘束されていたところ、今度はいきなり仰向けにされる。

乱暴な扱いによって痛む身体に眉を寄せながらも、ユファテスは相手を確認しようとしっかりと目を開けた。

互いの視線が交差した、その瞬間。

「へ、陛下⁉」

「なっ、君は」

思いがけない人物との邂逅に、互いに言葉を失う。

先に我に返ったディランが飛び下がるようにして距離を取る。おかげで身体が自由になった。

机に手をついて上体を起こし、戸惑いを隠さないディランと向き合う。

「皇帝陛下にご挨拶申し上げます。驚かせてしまい、申し訳ありませんでした」

「顔を上げろ。それより、なぜ皇妃の君がこんなところにいる。本当の目的は？」

「それは先に申し上げたように、本を――」

と、答えようとしたユファテスの視界に、なにか揺れるものが見えて目を擦る。

「なんの本だ。言っておくが、鍵のないこの場所に重要文書など置いていないぞ」

「え？　いえ、そういうものではなくて、聖女様について学びたいと思っただけで……」

一応弁明はするものの、どうしても意識は視界で揺れたものにいってしまう。

ユファテスの見間違いでなければ、それは動物の尻尾に見えた。銀灰色のふさふさの尻尾。

垂れ下がっているそれが、ディランの動きに合わせてわずかに揺れる。

「聖女？　そんなものを勉強してなんになる？　そもそもこんな夜中に……――おい」

急に彼の声のトーンが落ちたので、ユファテスは自然と彼に視線を戻した。

「その前になんだ、その格好は」

「格好ですか？　――あ」

言われて気付く。自分が今、寝間着に一枚上着を羽織っただけの、まあまあ無防備な姿をしていることに。

だってまさか、こんな夜更けに誰かいるとは思わなかったのだ。

「君は皇妃の自覚があるのか？　そんな格好で出歩くなんて」

「大変失礼いたしました。今後は気を付けます。ただ、私からもいいですか、陛下」

「なんだ」

「陛下のそれはなんでしょう。尻尾に見える気がするのですが」

その瞬間、ディランが俊敏な動きでさらに間合いを取った。ユファテスと同様、彼も人から指摘されてそれを思い出したような様子だ。その時の表情といったら、結婚式の冷え冷えとしたものとは全然違っていて、動揺を覗かせた、人間味のあるものだった。それは噂に聞く彼とも、これまで見てきた彼とも異なり、彼の素に触れられたような気がした。

だからだろうか。これまで彼に対して感じた恐れも、気まずさも、すべてが吹っ飛ぶ。

「その反応、やっぱり尻尾なんですね？　どういうことですか。とりあえず触ってもいいですか？」

「断る！」

間髪を容《い》れずに鋭い拒絶が飛んできた。

「悪いようにはしませんから、ちょっとだけ！」

「ちょっとって、なんなんだ君はっ。俺が言うのもおかしな話だが、普通は怖がるものじゃないのかっ？」

「え？　尻尾をですか？」

「それもだが、俺自身にもだ。俺の噂は知っているんだろ？」

「はい、存じ上げてはいますけど」

噂よりも、ユファテスにとっては目の前にいる彼の方が真実というだけの話である。確かに最初は冷たい彼に畏怖を感じたけれど、尻尾で動揺する今の彼を怖いとは思わない。

「殺気を向けた男だぞ」

「それは日常茶飯事でしたし」

「は？」

「あっ、いえ、なんでもないです。それより尻尾です。尻尾の謎が気になって、怖がるどころじゃありません」

ディランが長いため息をつく。

この短いやり取りで、彼の印象がぐっと変わった。やはり人柄というものは、実際にちゃんと話してみるまでわからないものだとしみじみ思う。

「ソリアスの王女に君のような人がいたとは……。噂は当てにならないな」

「あ、それ私も今思いました」

そう言ってにっこりと笑ったら、ディランがまた嘆息した。

尻尾を見られて観念したらしい彼に、近くにあった長椅子《ベンチ》を勧められる。それから隣に座った彼が、淡々と事情を説明してくれた。

曰く、彼は呪われているのだとか。

「どこの怖いもの知らずか知らないが、俺を呪うとは肝の据わった奴だと感心したよ。この礼は倍にして返してやると決めている」

「そうですか。それでこのようなお姿に」

「おい、遠慮なく触りすぎだ」

「ふさふさで気持ちいいです」

ディランの口角がひくついた。彼としては不本意らしい。

呪われたのは、結婚式を挙げる前だという。

贈り物に紛れていたらしく、部下の検分時にはなんの反応もなかったのに、ディランが触れた途端に呪いが発動したようだ。

最初はどんな呪いをかけられたのか判別できなかったそうだが、その日から徐々に自分の姿が変わっていくことに気付いたディランは、これを獣化の呪いだと判断した。

最初に爪が伸び、次に前歯が尖り始め、式の直前には尻尾も生えてしまったらしい。

爪は切ればごまかせるのと、大口を開けなければ牙も目立たないため、そのふたつに関してはさして問題ではなかったという。

けれど、尻尾はそうもいかない。

そこで、普段はマントで隠すようにしたのだが、誰もいない図書館でもマントを羽織るのが億劫になった彼は、ここでは脱いでいたのだとか。

確かに遡ってみた過去の彼は、いつもマントを羽織っていた。それは結婚式でも。

「ちなみに、なんの獣化なんですか？」

「さあな。犬歯が出てきたから犬か狼か。だが、おそらく狼だろう」

「どうしてそう思うんです？」

「この国というより、この国を含めたここら一帯の国が昔から狼を害獣としてきたからだ。どんな物語でも伝説でも、狼が悪役かつ嫌悪の対象なのは隣国出身である君の記憶にも刻まれているだろう？　ぴったりだ」

「それが本当なら、なんか嫌な呪いですね」

人から嫌われるようなものに姿を変化させるなんて、悪趣味極まりない。

「――なのになぜ、ここまで話しても君は撫でる手を止めない⁉」

「え？　えっと、動物が好きだからです？」

彼らと意思疎通を図れるユファテスにとって、狼だって怖い存在ではない。

呪いを悪趣味だと思ったのも、狼の部分ではなく、人が忌み嫌うものに変化させるところが悪質だと感じただけだ。

艶のある銀灰色の尻尾を撫でながら、呪った人は性格が悪そうですと考えていた時、ユファテスはふと気付いてしまった。

「あの、陛下」

「はぁ。なんだ」

「もしかしてですけど、すでに怖がられたんですか？　誰かに」

だからさっき、『ここまで話しても』なんて言い方をしたのだろうか。

一瞬だけディランの肩がびくついて、沈黙が流れる。ここで返事がないのは相手に肯定を伝えるようなもので、ディランもそれはわかっているのだろう。

それでも他に返す言葉を見つけられなかったのか、彼は一度口を開けようとして、結局閉じた。

「もしかして、だから初夜に来なかったんですか？」

「…………」

彼がついに視線を逸らした。まるで悪戯がバレた子どもが最後まで悪足掻きをするように。

「陛下、じゃあなんで、そう言い訳しなかったんです？　陛下ならきっと、いくらでもうまくごまかせましたよね？」

思えば、彼は最初から皇妃《ユファテス》に嫌われても仕方ないような言動を繰り返している。

結婚式で『俺にはなにも期待しないでくれ』なんて口にすれば、言われた方は当然怒るものだ。最悪の場合、すぐに離縁を突きつけられてもおかしくない。

それは、これが政略結婚である以上あまり得策とは言えないだろう。

なのに、なぜ。

「いくらでも、陛下の魅力で、うまく騙せたでしょう？」

端整な顔。鍛えられた肉体。長くて美しい指を相手の肌に這わせて、甘い声で偽りの愛を囁けば、落ちない女はいないはずだ。彼が肌を見せられないとしても、そんなの有耶無耶にするくらい虜にすればいいのだから。

そうして籠絡してしまった方が、彼にとって都合のいい皇妃ができあがったはずだ。

事実、ユファテスの兄はそういう手腕だけは優れていた。ある意味で人を使うのがうまい男なのだが、そうして兄に落ちた者は、兄の命令だけを聞く駒としてかわいがられている。

「俺の魅力、ね」

彼が鼻で笑った。

「地位、権力、金、顔。褒められるのはこれくらいか。剣の腕はご令嬢方には不人気だ」

「わかってらっしゃるなら……」

「じゃあ君は、それで俺に落ちてくれたか？」

急に顔を近付けられて、心臓がわずかに跳ねる。

一応夫婦だから気にする必要はないとはいえ、異性とこれほど近い距離で接した覚えのないユファテスは少しだけたじろぐ。

「落ちてくれたとして、呪いはいつ解けるかわからない。どんどん本物の狼に近付いていって、そんな姿の俺に、君はいつまでも騙されてくれたか？」

「それは……」

難しいかもしれない――。

「はっ、言葉が詰まった。それが答えだろ」

――他の女性なら。

そう、ここにいるのは、ユ・ファ・テ・ス・だ。

「そうですね。一般的に考えればそうかもしれません。でもたぶん、私は騙されたままだったと思いますよ」

「……は？」

「えっと、式であんな感じでしたから、これは言うつもりはなかったんですけど」

そんな前置きをして、ユファテスは自分の心の中に隠していた思いを打ち明けた。

実はディランに憧れていたこと。彼の政治的手腕に感動したこと。ずっと参考にさせてもらっていたこと。助けてもらっていたこと。

「それに言ったじゃありませんか。私、動物は好きなんです。祖国には狼の友だちもいました」

だから、と続けて。

「私なら騙し通せて、色々と都合よく使えたと思いますよ？」

正直にそう口にすれば、ディランが前髪をくしゃりとかき上げて俯いた。

ははは、と弱々しい吐息が彼からこぼれ落ちる。

「それ、自分で言うなよ……」

心底困り果てたような、なのにどこか安堵もしているような、そんな表情で彼が顔をしかめる。この人はやっぱり、怖い人ではない。むしろ——。

「陛下は、優しさが不器用なだけなんですね」

「……どういう意味だ？」

「だって、いつ解けるかもわからない呪いに侵されているから、最初から期待させないようにしたってことですよね？　言い訳をしなかったのもそうです。中途半端な方がきっと、お互いにとって傷つく結果になるかもしれないと思ったから——。そうなると、もしかしてですけど、私が離縁を申し入れた場合の準備もすでにしているんじゃありませんか？」

彼が諦めたようにふっと笑った。

「君の想像通りだ。その時は全面的にこちらが悪いとして、安全に国に帰す手配を整えている。もちろん賠償金も準備している。離縁したくなったらいつでも言ってくれ」

だが、と自嘲するように彼は鼻を鳴らして。

「まさかそこまで見抜かれるなんて、情けないな」

それから姿勢を正すと、生真面目に頭を下げてきた。

「まずは謝罪させてほしい。口外できない理由があったとはいえ、覚悟を決めて嫁いできた君にひどい態度を取った。部屋もそうだ。本来は俺の隣にするべきだったんだが、秘密を守るためには離すしかなかった。申し訳ない」

「いえ、そんなっ。理由が理由ですし、陛下が頭を下げられることでは……っ」

誰かに真摯に謝罪される経験なんてほとんどないユファテスは、突然の展開に動揺してしまう。

しかも相手は皇帝であり、憧れの人。そんな人に、相手が悪いわけでもないのに謝られると恐縮してしまう。

「私は本当に気にしてません。逆に大事な秘密を暴いてしまって、こちらこそ申し訳ないくらいです」

「いや、それこそ謝る必要はないと思うが」

ふっと、ディランが肩から力を抜く。

眉尻をほんの少し下げるだけで、彼の作りものめいた冷たい雰囲気が一気に霧散した。

「まったく、君のような人とは初めて出会うよ。俺の政治力に感動していたのもそうだが、ソリアスの王女は皆そうなのか？」

「そう、とは？」

「変わってるのかってことだ」

「……っ」

その言葉は、今までの浮いていた気分を一瞬で谷底に落とすような威力を持っていた。

ユファテスが誰かにそう言われるのは、初めてではない。

魔力がなくて役に立てない分、他で役に立とうとした結果、女性らしからぬ思考を持ち、かわいげをなくし、まるで男の真似事のようだと批判されてきた。

変わった王女。変な女。どれもいい意味ではなかった。

「そう、ですね。よく言われます。でも、姉と妹は私なんかとは違うので、言われるのは私だけですけど」

「……そうか」

なんとか笑顔を作ったけれど、引きつらなかった自信がない。大丈夫だろうか。気付かれていないだろうか。

ぐるぐると考え込んで心配していたら、ディランが長椅子から立ち上がった。

つられて顔を上げようとした時、それより早く彼の大きな手が頭にのる。

「勘違いするなよ。俺が言ったのは、変わった視点を持っていて新鮮だって、そういう意味だ。いつだって暗い世の中を切り拓くのは、そういう新しい視点を持つ者だ」

その言葉に、ユファテスの胸がぐっと詰まる。そんなポジティブな評価をもらったのは初めてで、思わず泣きそうになった。他の誰でもない、憧れのディランに言われたから余計にこうなっているのだろう。

手を差し出されて、その手と彼を何度も交互に見やる。

焦れた彼が強引にユファテスの手を取ると、まるで谷底から救い出すように立たせてくれた。

「バレたならもう君に冷たくする理由はない。部屋まで送ろう」

「え、ですが、なにか用があって図書館にいたんですよね？　いいんですか？」

「解呪の方法を探していただけだ。君を送った後でもできる」

ユファテスは少しの間逡巡すると、意を決して提案した。

「あの、でしたらそれ、私にも手伝わせてください！」

「なに？」

「妻として、皇妃としてはなにもするなと言われましたけど、これは、えっと……そうです！　秘密の共有者として、お手伝いさせてください」

ディランが整った顔を歪めて、やはり珍しいものでも見るような目を向けてくる。

「君にはなんのメリットもないのに？」

メリット？と考えたのは一瞬だ。

「メリットならあります」

「どんな？」

「陛下ともっとたくさんお話ができます」

それに。

「たくさんお話ができれば、陛下をより深く知ることができます。そうしたら、仲よくなれるような気がするんです。仲よくなれたら、友人になってくれますか？」

　ぽかんとした彼が、次の瞬間、口元を手で押さえて噴き出した。

「ははっ、すでに夫婦なのに？　君は俺と友人になりたい？」

「陛下がよければ、はい」

「ふうん？」

　ディランが目を細める。金色の瞳が妖しく煌めいて、瞬間的に心臓が止まったような錯覚を覚える。そんな色気を孕んだ流し目を寄越さないでほしいと切実に思う。

　まだ繋がったままだったユファテスの手を、彼が恭しく掲げてキスをした。

「君がなりたいと言うのなら、俺は構わないよ。喜んで友人にもなろう」

「な、なんで、手っ」

「改めてこれからよろしく、ユファテス」

　脳の情報処理速度が追いつかないと思ったのは、これが初めてだ。

　彼を冷徹帝なんて最初に言ったのは誰だと、今だけは八つ当たりしたい気分だった。

　それからというもの、ディランと夜の図書館で落ち合い、一緒に解呪方法について文献を漁るのが日課になった。

当初予定していたエルヴィーナとディランの恋を成就させるための調べ物は、呪いを解いてからにしようと考える。

なぜなら、身分差以前の問題として、獣化の呪いを解かない限り真の意味でふたりが結ばれることはないからだ。エルヴィーナなら獣化したディランを受け入れるだろうけれど、周囲もそうとは限らない。

なので、まずは全力で呪いを解くと決めた。

ちなみにディランに聞いたところ、ユファテス以外で呪いに関して知っているのは、呪いが表面化した際に近くにいた者と、ディランの筆頭護衛、そしてなんとジェイスだという。

ジェイスは彼の士官学校時代からの親友らしい。

なるほど、とユファテスは思った。神殿でジェイスがディランを睨みつけたように見えたのは、気のせいではなかったのだ。それくらいふたりは気の置けない仲なのだろう。

じゃあ皇宮内にいる秘密を知る者はそれだけなんですね、と確認したユファテスに、しかしディランは『いや、護衛とジェイスだけだ』と否定した。

他の者はどうしたのかと問うと、彼はにっこりと笑って。

『知りたいか？　恐怖に陥ったそいつらはな、愚かにも逃げようとしたんだ。聡明な君なら、この先は言わずとも察しがつくだろう？』

冷徹帝の降臨である。

彼の言う通り察してしまったユファテスは、とりあえず笑みを作って頷いておいた。おそらくだが、その者たちはすぐに捕らえられ、容赦なく牢獄へ送られたに違いない。だってその場を逃げるなんて、皇帝への裏切り行為に等しいのだから。

「――ユファテス」

名前を呼ばれて顔を上げた。紙面の文字を追っていたユファテスは、いつのまにか隣に座っていたディランに今気付いた。

「つかぬことを聞くが、君は入浴後か？」

「ふぇ⁉」

突飛な質問に、つい変な声をあげてしまう。

いくら夫婦といえども、自分たちは形だけの夫婦だ。ユファテスのディランへ向く気持ちは憧れだし、逆にディランがユファテスに向ける気持ちは仲間のようなもののはずだ。

だから、そんな形だけの妻に対する質問としては踏み込んだことを彼から訊ねられて、ユファテスはわかりやすく目を泳がせた。

「待て、これにはちゃんと理由がある」

「は、はい」

「俺は変態じゃない」

「はい。あの、なにも言ってませんが」

「それはそうなんだが」

彼が咳払いをひとつする。

「いいか、重ねて言うぞ。俺は変態じゃない。それを踏まえて聞いてほしいんだが、君から甘い匂いがする。入浴後か、もしくは香水でもつけているのか？」

「え？　いえ、つけていませんよ。入浴も、最初の日以降は戻ってから入ってます」

「そうか……」

微妙な羞恥心に苛まれながらも、心当たりのないユファテスは鼻に腕を近付けて自分の匂いを嗅いでみた。特に甘い匂いはしない。といっても、正直自分の匂いなんてわからないけれど。

ディランはなぜか頭を抱えている。

「陛下？　どうされたんです？」

「……おそらくだが、今度は嗅覚がやられたかもしれない」

「え⁉」

それから彼は、ここ数日の変化について教えてくれた。以前より食べ物の匂いを強く感じること。気にならなかった人の体臭が気になるようになったこと。

「獣化って、見た目だけじゃないんですね。今さらですけど」

「ああ。最悪だ」

ユファテスも同意する。これでは本当に本物の動物へと身体を作り変えられていっているようで、改めてそう思うと背筋がゾッとした。

呪いにかかっていないユファテスでさえこんな気分になるのだから、ディランの口から『最悪だ』と弱音がこぼれるのも当然だろう。

また、彼の秘密を知った夜からひと月以上が経った頃、先に図書館に着いてひとり調査していたユファテスのもとに、フード付きの外套を羽織ったディランが遅れてやってきた。

頭の天辺から足先まで、見事に真っ黒である。そのせいで闇の中に突如現れたように見えて、びっくりしたユファテスはディランを不審者と勘違いした。

勘違いした理由は、その人目を忍ぶような格好だけが問題だったわけではない。ディランから放たれる負のオーラとでも言えばいいのか、怒りと憎悪と困惑が綯《な》い交ぜになったような空気を彼から感じ取ったせいでもある。

しかも彼は、ユファテスにある程度近付いた後、それ以上は一歩も進んでこようとしないのだ。フードのせいで彼の表情は見えないし、なにも話してくれないしで、ユファテスもまた困惑した。

「あの、陛下、ですよね？」

「ああ」

「どうしてそこで止まったままなんですか？」

少しのためらいの後、彼が答える。

「呪いが、また進んだんだ」

「え⁉」

爪、牙、尻尾、嗅覚と来て、次はいったいなんだ。ユファテスの前でも外套で隠しているのなら、よほど目に見てわかりやすい変化があったのかもしれない。

しかも、あのディランがこんな風になるくらい、ひどい変化だったのだろう。

「近付いていいですか、陛下」

「……ああ」

心配な気持ちが先走り、近付いた後は許可を取るのも忘れて勝手にフードを外してしまった。

ステンドグラスから漏れる月の明かりに照らされたのは、ディランのどんよりとした昏い目と、そして――。

「み、耳っ？」

ピンと立った、狼のような耳だった。

「み、耳……」

色んな衝撃のせいで、ユファテスは呆然と繰り返す。小刻みに動いているところを見るに、やはり本物の耳のようだ。

「耳、ですね」

無意識に爪先立ちになり、手を伸ばす。ユファテスのその手がどこに向かっているのか気付いたディランが、反射的に後ずさりした。

「触るな」

「す、すみませんっ」

彼の警戒するような声で我に返る。まるで手負いの獣のような眼光だった。

結婚式の時でさえ、そんなきつく睨まれた覚えはない。

本来ならそれを怖く思うのかもしれない。

けれど。

「あの、大丈夫ですよ、陛下。耳は恐ろしいというより、かわいいです」

「っ、だから嫌なんだ！」

急に声を荒らげたディランにぎょっとする。かわいいのが嫌。脳内で繰り返して、ハッとした。

「そ、そうですよねっ。陛下は呪いに苦しんでいるのに、かわいいなんて不謹慎でした。本当にごめんなさい。陛下が気になるようでしたら、フードを被られていて大丈夫ですので。あ、距離も置きましょうか？」

尻尾の時はディランの様子もここまでではなかったので、ユファテスも遠慮なく撫でさせてもらった。でも彼が本気で拒絶しているのに、無神経にその愛らしさを愛でるのは違うだろう。

これは呪いなのだ。人が動物に変えられる呪い。よくよく考えなくても、残酷で卑劣極まりない仕打ち。

それに、ディランが呪いにかかっていると知っているのは、ユファテス含めてたったの三人だ。その限られた人数で解呪方法を探っているので、なかなか進展は見られない。

今では散歩を名目にしてジェイスと一緒に昼にも図書館に通っているが、やはり目ぼしい情報は見つけられていない状況だ。

ディランの中には、そうした焦りもあるのだろう。このまま本当に動物化してしまうのではないかという恐怖と、彼は闘っている。

なのに、それを『かわいい』だなんて――。

ディランはずっと無言のまま、フードを被り直す気配もなければ、怒ってここを立ち去る気配もない。

「えっと、もし私が目障りなら、出ていきますが……」

やや俯いていたディランが、弾かれたように顔を上げた。

「待て。違う。君を目障りなんて思っていない。だから出ていかなくていい」

その言葉にホッと胸を撫で下ろす。自分で思っていた以上に安堵したらしく、思わず力が抜けて座り込みそうになった。

「……すまない。君はまだ、俺を忌まわしく思っていないか？」

「もちろんです」

「本当に？　自分でも驚くほど獣化が進んでいる。人間でなくなっていく俺を、本当に？」

問いを重ねながら、彼が一歩一歩近付いてくる。

静寂に包まれた館内では、足音がやけに大きく響いた。

彼の金色の瞳が不安げに揺れている。けれど、さらにその奥には、不安とはまったく別の強い感情が潜んでいるような気がして、ユファテスはごくりと息を呑む。

ゆっくりと詰められていく距離が、なんだか恐ろしく感じた。なのに彼の瞳から目を逸らすこともできなくて、足はその場に縫いとめられたように動かない。

これは、命の危機からくる恐怖ではない。

でも自分がなにを怖がっているのか、ユファテス自身もわからない。

ついに目の前で足を止めた彼が、すっと片膝をついた。

「君は、この耳がかわいいと言った」

「そ、それはっ」

ディランに右手を取られる。

彼はそのままユファテスの手を、呪いで生えた耳へと導く。

「君はきっと、こうして本物の動物を愛でるように、俺のこともかわいがってくれるだろう。それが……獲物を捕らえるための、罠だとも気付かずに」

ディランがなにをしたいのか、ユファテスには見当もつかない。

呪いで苦しんでいる彼に、かわいいと言った罰でも与えているのだろうか。

「そんな君は、とても無邪気で――」

ぐいっと、掴まれていた手を引き寄せられる。

「――とても、無防備だ」

その瞬間、首筋にちりっとした痛みが走った。噛みつかれたのだとわかった時には、甘い痺れが背筋を突き抜けていき、膝がかくんっと折れる。

ディランが抱きとめてくれたおかげで床には倒れなかったけれど、なにが起きたのかと目を瞬く。

「これでわかっただろ。呪いがどんどんひどくなっていて、最近では理性がうまく働かないんだ。これからは今みたいにあまり無邪気に近付かずに、これまで以上に俺に警戒して――っておい、聞いているのか？」

「……え？」

ディランが顔を覗き込んでくる。それから軽く目を瞠った。

あまりにジッと見つめられて、なんとなく恥ずかしくなったユファテスは顔を逸らした。彼がそんなに驚くような表情を自分はしているのだろうかと、そわそわする。身体中が熱くて仕方ない。

「なんて顔をしてるんだ、君は……っ」

「そ、そんなにひどい顔をしてますか？　ちょっと待ってください。戻しますから」

なんとかいつも通りの表情を作ろうとするけれど、その『いつも通り』をどうやって作っていたか思い出せず、顔のパーツを色々な形に動かしてみる。

目は開いていたか。唇は結んでいたか。眉は上げていた？　それとも下げていた？

「……今度はなにをしている？」

「いつもの顔を作ろうと奮闘してます」

「いつもの？　──ふっ、はは！　いつもの。これが。ははは！　君はいつもそんな愉快な顔をしていたのか？」

うっと喉に言葉が詰まった。人が真剣に取り組んでいるのだからそこまで笑わなくても、と不貞腐れた気持ちになり、だんだん羞恥心も込み上げてくる。

でもさっきまでの怖い雰囲気は綺麗さっぱり消えていて、まだおかしそうに笑う彼につられてユファテスもつい笑みをこぼしてしまう。

ひとしきり笑って満足したらしい彼が、立ち上がる時にユファテスを横抱きにした。

「へ、陛下!?　なにをっ」

「いいから俺の首に腕を回せ。落とされたくないだろ」

そう言われては回さざるを得ない。必然的に彼との距離が縮まって、いい香りが鼻を掠める。

森の奥深くにいるようなすっきりとした香りだが、その奥にはほんの少しだけ甘さもあって、厚みのある香りだ。

窓際に設置されているソファにユファテスを下ろそうとするディランに、ふふっと笑った。

「陛下はとてもいい匂いがします。全然、獣臭くなんてないですよ」

きっと慰めにもならないだろうけれど、ちょっとでも彼の心が軽くなればいい。そんな思いで口にした。

香りの正体は香水だとわかってはいるが、その香りのどこにも獣の臭いは混ざっていない。

お尻が座面について、ディランの身体が離れていく。と思ったら、後頭部に手を添えられて、肩を押されて、気付けばソファの上に押し倒されていた。

「なあ、ユファテス」

「は、はい」

「俺がほんの少し前に忠告したこと、ちゃんと聞いていたか？」

「聞いてました。陛下を警戒するようにと」

「合ってるな。なのになぜ今そんなことを言った？　まさか俺は君に試されているのか？」

「陛下を試すなんてそんな、するはずないです」

彼がなにを問題にしているのか理解できなくて首を傾げる。

警戒するといっても、今のディランはまだちゃんと言葉も話せて、理性はしっかりとあるように見えた。

だから大丈夫じゃないかと話すと、彼がユファテスの肩口に顔を埋《うず》めながらため息をつく。

「そうか……君の理性の解釈が……そうか……」

「えっ、解釈がなんです？　違うんですか？」

「いや、それはいい。俺が頑張れよって話でもあるから。それより」

ディランが顔を上げて、ユファテスの前髪をかき上げるように頭を撫でてくる。

「もう一度言うが、あまり無防備にならないでくれ。それが君のためだ」

「あの、今いちそれがよくわからなくて。もう少し具体的に教えてもらえると助かります。たとえば？」

「簡単に君の身体に触れさせるな。これが一番重要だ」

「……じゃあこの状況は、もしかして、まずいです？」

「ああ、まずい。理解できて偉いな。じゃないと、さっきみたいに喰われるぞ」

彼の指がするりと首筋を撫でた時、先ほど身体に走った甘い痺れの記憶が蘇り、咄嗟に上体を起こした。そのまま彼から逃げるようにソファの端へ移動すれば、彼が不敵に笑う。

「やればできるじゃないか。その調子で、俺が君を襲いそうになったら逃げろ。まあ、なるべくそうならないよう気を付けはするが」

「あの、でもそれ、大丈夫なんですか？　私は事情を知ってますからいいですけど、もし他の方を襲いたくなったら……」

その場面を想像して、無意識に胸をギュッと押さえた。

彼のせいじゃないのに、彼が悪者にされるのは我慢ならない。

「それなら問題ない。襲いたくなるのは君だけだから」

「えっ」

それは、つまり、信じたくないけれど。

「私、陛下にそこまで嫌われてたんですか……？」

ああ、そんな。どうして。呪いのことを打ち明けてもらってからは、それなりに良好な関係を築けていたと思ってたのに。

「き、気付かず、申し訳ありません」

「待った。逆だ。薄々感じてはいたが、これで確信したな。君、今まで恋人は？」

「いません、けど」

「これまで好いた男は」

「いいえ。だって私、国では嫌われてましたから」

「君が？」

彼の意外そうな声で我に返る。余計なひと言を言ってしまった。

「信じられない。君のどこに嫌われる要素が？　容姿は個人の趣味だからなんとも言えないが、俺自身はかわいいと思うし、君は冷静に物を考えられる。俺のような男を助けようともしてくれて、広い心も持ってるだろ」

「かっ……え、ええっ？」

「現にジェイスは君を気に入っている。もちろん俺も」

「陛下も、ですか？」

信じられなくて思わず聞き返してしまう。けれど、ユファテスが余計な思考に落ちる前に、ディランが強く肯定した。

「当然だろ？　俺を怖がらずに受け入れてくれて、しかも自分のことのように真剣に解呪方法を探してくれる人間を、逆にどう嫌えと言うんだ」

「そ、そうですか？　出しゃばるなとか、魔力もないくせにとか」

「言われたのか？　君の国の人間に」

スーと視線を横に逃がす。彼のドスの利いた声が怖い。はあ、と彼が息を吐いた。

「君の祖国を全面的に非難するわけじゃないが、その魔力至上主義なところはどうにかしてほしいものだ。うちの外交部も苦労しているらしい。魔力持ちを向かわせても、自分より弱ければろくに話も聞いてもらえないと報告が上がってくる」

「それは、祖国の大使がとんだ失礼を……」

「君が謝る必要はない。それに、一度俺が乗り込んでからは大人しくなったと聞いているしな」

さらっと告げられた事実に瞠目する。

魔力至上主義国家の大使が大人しくなる理由なんて、ひとつしかない。

「もしかして陛下は、ものすごい量の魔力持ちだったりします？」

「ああ」

「そうなんですね⁉　えっ、じゃあなんでうちと政略結婚なんか……っ」

正直に言うと、ユファテスはディランの――アルデニスタ側の目的は魔力にあると思っていた。ユファテス自身に魔力がない情報はいずれ明るみになるとしても、ソリアス王国が有する魔導具開発技術は他国を抜きん出ている。

逆に言えば、魔力関連以外でソリアスが他国より秀でているものはほとんどない。互いにメリットがあってこその政略結婚だ。しかも最初に話を持ちかけたのは、アルデニスタ側である。

それなのに――。

「婚姻の目的は魔力じゃない。単に潮時だったというだけだ。以前から結婚しろと突《つつ》かれてはいてね。できればしたくなかったが、独身のままだと今の地位を追われる可能性があった。だが国内貴族は面倒なしがらみが多すぎる。じゃあ他国だ、となって、魔力至上主義国家の王女なら――たとえどんなに我儘で高飛車だと有名でも――俺の魔力の方が上だろうから逆らってくるはずもないと考えて今に至るという感じだな。ちなみに、呪われたのは求婚した後だ」

「え、えぇぇぇ」

なんだか力が抜ける思いである。まさかそんな、メリットとも言えないような理由だったなんて想像もしていなかった。

ディランが思い出し笑いをするように喉を鳴らす。

「そうしたら嫁いできたのは魔力の感じられない王女で、高飛車どころか文句のひとつもなくて、我儘どころか健気で、腹心のジェイスをたった一日でたらし込むような王女だったから、どうしたものかと困ったよ」

でも、と彼は優しく目を細めると。

「来てくれたのが君でよかった。……君が来てくれてよかった」

まるで愛おしむような眼差しに、きゅうっと胸が締めつけられる。魔力を持つ人にそんな言葉をかけてもらったのは初めてで、嬉しさと戸惑いの狭間で揺れる。だからつい、念押しするように聞いてしまった。

「魔力がなくても、本当に？　本当に、そう思ってくださいますか」

「当然だ。魔力はさほど重要じゃない。そもそもうちは魔力なしの方が多いくらいなんだ。それでも皆、楽しく生活できているだろ？　魔力はあると便利だが、なくてもいいものだと俺は思ってるよ」

そんな考え方をする人とは、これまで出会ったことがなかった。

誰もが魔力持ちを当たり前とし、どれだけ多く魔力を持っているか、また魔法が使えるか、という考え方で価値が決まる世界《くに》だった。だからユファテスは土俵にさえ上がらせてもらえなくて、同じ人間として扱われることなんてほとんどなかった。

それがまさか『なくてもいい』と考える人と出会えるなんて。

「さて、今夜は調べるのはやめて、もう部屋へ戻るか」

「わっ、すみません！　ずっと話してばかりでしたね」

「いいんじゃないか、たまにはこんな夜も。少なくとも俺は、呪いのせいで焦っていた心が落ち着いた。君のおかげだ」

柔らかく微笑みかけられて、途端に彼の姿が輝き出す。いったいどうしたというのだろう。目を擦る。彼の精悍さを美しいと思う時はあったけれど、輝いて見えたことなんて一度もなかったのに。

とく。とく。

胸が躍り出すような、そんな高揚感に包まれる。

とく。とく。

未知なる扉を開く前のような、期待と不安の混ざる音。

とく。とく。

この甘くて瑞々しい気持ちへ、ユファテスはそっと手を伸ばした。

第三章　冷徹帝にお菓子を作ってみたら

小麦粉、砂糖などの材料を入れたボウルを片手で押さえたユファテスは、それらがよく混ざるよう切るように木べらを動かした。

次に柔らかくなったバターをボウルの中に加えると、粉気がなくなるまでまた混ぜる。

そうして一塊になった生地は、中に入れた〝ある物〟の色が反映されて緑色になっている。

台の上には、これと色違いの生地がもうひとつある。オレンジ色の生地だ。

ふたつの生地を重ねて、台の上で転がすように筒状にする。

それを包丁で等間隔に切っていけば、丸形の渦巻きクッキーが完成した。

あとは焼くだけの状態にして、いったん横に置いておく。

「今日は色鮮やかなクッキーなんですね、妃殿下」

後ろでユファテスを見守っていたジェイスが、タイミングを見計らって声をかけてきた。

ユファテスがこうしてお菓子作りをするのは、実は今日が初めてではない。

まだディランのことを誤解していた頃、妻としても皇妃としても不要とされたユファテスは、友だち作りの他に祖国でストレス発散としてやっていたお菓子作りを再開させた。

お菓子を作っている間はいい。余計なことを考えずに済むから。

それに、祖国にいた頃は作ったものを動物《ともだち》に分けていたので、作っている間はかわいい彼らに思いを馳せて嫌なことも忘れられた。

最初はその頃と同じで、たぶん、ストレス発散のためだった。

けれど最近は少し違う。甘い匂いにつられたジェイスや他の護衛兵にあげたり、作ったお菓子でコレットと一緒にお茶会をしたりする。むしろ彼らのために作る回数が多くなっていた。

コレットは無愛想ではあるけれど、甘いものを食べる時だけはわずかに目が輝く。そんな彼女を微笑ましく見守りながらのお茶会はとても楽しい。

まあ、もうひとりの侍女であるリズベルには、残念ながら断られっぱなしなのだが。

「あれ、妃殿下？　聞いてます？　というか私の声、聞こえてます？」

また新たな生地を作ったユファテスは、包丁でリズムよくクッキーの生地を切りながら、数日前の夜の出来事を思い出していた。

ディランと呪い以外の話をあんなにしたのは初めてのような気がする。

人から冷徹帝なんて噂される彼の、ほんの少し弱った姿を見てしまった。嫌いじゃないと言ってもらえた。魔力のない自分を。価値のない自分を。

それが嬉しくて、本当に本当に嬉しくて、あの夜はなかなか寝つけなかった。

ただ、あれからいくらか経って、まるで夢から覚めるように現実を思い出してしまったのだ。

――陛下には、エルヴィーナ様がいるということを。

冷水を浴びせられたような気持ちになった。

と思った今朝、本当にリズベルに洗顔用の水を浴びせられていたのだが、自称ドジッ子だという彼女は絨毯に躓いてしまったらしい。

コレットがその惨状を見てリズベルを睨んでいたが、ユファテスは逆に感謝した。でないと、危うくダメな方へ思考が進んでしまうところだったからだ。

その「ダメな方」というのがどこに繋がっているのか、自分でもわからないけれど。

あの夜、心の中で伸ばした手を、ユファテスは慌てて引っ込めた。

そうしてモヤモヤした正体不明のなにかを抱えきれずに、こうしてお菓子作りに励んでいるわけである。

「――妃殿下！」

急にぱしっと腕を掴まれて、ユファテスは思考の底から意識を浮上させた。

いつのまにか隣に来ていたジェイスを見上げて、彼が焦ったように見つめる先を辿る。そこには包丁を持った自分の手と、その腕を掴むジェイスの手と、今にも包丁の餌食になりそうな自分のもう片方の手があった。

つまり、考え事をしていたせいで、危うく生地ではなく自分の手を切ろうとしてしまったところをジェイスが止めてくれたらしい。

「やめてください、今私の心臓が本気で止まるところでしたよ！」

「ご、ごめんなさい」

素直に謝ると、ジェイスが嘆息しながら腕を放してくれた。

ディランの呪いについて知ってから彼との距離も一層縮まったからか、最初の頃より気安いやり取りができるようになっている。

ジェイスは三兄弟の次男らしく、弟と年齢が近しいユファテスを妹のように感じていると本人が言っていた。

「なにか悩み事でも？」

「え？」

「あるんじゃないですか。たとえば、使用人のこととか」

「いえ、皆さんよくしてくれますので、特に」

「……そうですか」

手から包丁を奪われる。

生地は切り終えていたので、それらをまとめて焼いていく。あとは焼き上がりを待つだけだ。

「今日のクッキーは前回のと違うんですね」

「今日のはジェイスや護衛の皆さんのために作ったんです」

「おっ、それは嬉しいですね。仲間たちの間じゃ、妃殿下の作られるお菓子はうまいと評判ですよ。あいつらもきっと喜びます。それで、今回はなんのクッキーなんです？」

「野菜クッキーです」

「……野菜？」

それまで笑顔だったジェイスの表情が、ぴしっと固まった。

「はい！　皆さん野菜を全然食べないと聞きましたので、これなら食べてくれるんじゃないかと思いまして」

「うっ、善意が眩しい！　ちなみにそれ、誰に聞きました？」

「コレットです！」

そう答えれば、ジェイスが盛大に頬を引きつらせた。ぼそっと「絶対嫌がらせだ」と聞こえてきたような気がするけれど、ちゃんと聞き取れなかったので聞き返すのはやめておく。

苦いというか、悩ましい顔をするジェイスを横から眺めて、くすりと微笑んだ。

「私、皆さんには感謝してるんです。いつも私なんかをしっかりと守ってくれて、話しかければ一緒に会話もしてくれて。本当に……本当に嬉しいんです。だから、皆さんにはいつまでも元気でいてほしいなって思ってます。その思いを込めて作ったんですよ」

ジェイスがふっと頬を緩めた。

「ありがとうございます、妃殿下。でも守るのが私たちの仕事ですから、そこは気にしないでください。それに、仕事だからってだけが理由じゃない奴もいるんですよ。最近は妃殿下と話すと癒やされるって評判ですからね？　まるで聖女様と話してるみたいだって」

「それはさすがに言いすぎですよ。私なんかと話して癒やされるわけないじゃないですか」

冗談を吹き飛ばすように笑う。

「いえいえ。私もそのひとりなので、断言しましょう。それに妃殿下のお菓子を食べると、不思議と元気をもらえますし」

「ふふ。褒め上手ですね、ジェイスは」

「あ、信じてませんね？」

クッキーを焼いている間、そんな他愛もない話をしていた。

ここはキッチンの一画を借りているだけなので、さすがにディランの状況は聞けない。耳まで生えてしまった彼が表舞台に立てないのは明らかで、今後どうするのか、今は大丈夫なのか、本当は聞きたいことが山とある。

しかしそのすべてを飲み込んで、ジェイスの話に耳を傾ける。

やがて香ばしい匂いが辺りを漂い、綺麗な焼き色のついた野菜クッキーが完成した。

「さあ、物は試しです。どうぞ」

「い、いただきます」

野菜が苦手な子どものような反応をしながら、ジェイスがぱくりと頬張った。

さく、さく、さく。彼が咀嚼するのを祈るように見守る。

すると、最初は不安そうな顔をしていたジェイスだったが、次第にそれが解《ほど》けていく。

ごくりと飲み込んだ彼が、おもむろに口を開いた。

「驚いた。普通にうまい……」

「本当ですか⁉　よかった！」

「全然野菜の感じがしません。え、どうなってるんですか？　本当に野菜入れました？」

「ペーストにしたものを混ぜ込んでいるので、本当に入ってますよ。今回はにんじんとほうれん草です」

「にんじん⁉」

どうやらジェイスはにんじんが苦手のようだ。驚かせるためにペーストを作っている間だけはキッチンの外で見張りをお願いしていたのだが、その甲斐があったというものである。

「――という感じで、護衛の皆さんにもとっても喜んでもらえたんです」

「へぇ？　それで今日はそんなに上機嫌だったわけか」

空が鉄紺の帳を下ろし、人々が寝静まる頃。

ユファテスはいつものようにディランと図書館で解呪方法について探っていた。

どんなに古い文献を当たってみても、古来より呪いが存在していて、人を意図的に呪えるのは〝闇魔法使い〟のみとしか書かれていない。

闇魔法使いとは何者なのか。呪いを解く手立てはないのか。またディランがかけられた呪いと同じ呪いにかかった者が過去にいないか。今のところ、それらの記述は見つけられていない。

一応、呪いをかけた闇魔法使いなら解けるという記述は見つけたものの、あまり意味を成さなかった。

なぜなら、その闇魔法使いが誰か判明していないからだ。

そもそも魔法とは、水、火、風、土の四種類の属性しかなく、闇という属性があるなんて聞いたことがない。魔力はなくても知識はあるユファテスなので、祖国の筆頭宮廷魔道士に訊ねても同じ回答が返ってくるだろう。

という話は、すでにディランにも伝え済みで、彼もまた『だろうな』と同意した。

遙か昔から存在は仄めかされているにもかかわらず、その正体はほとんどが謎に包まれている。それが闇魔法使いだ。

ディラン曰く、なんの手がかりもない闇魔法使いを探すより、他に解呪方法がないか探るのを優先したという話だったが、その文献も頼りになる気配を見せないので、そろそろ闇魔法使いの方から攻めようかと考えているらしい。

とにかく人手が足りない。そのひと言に尽きる状況だ。

「それで？　そのクッキー、俺にはないのか」

「えっ」

「ジェイスにいつも自慢される。いつか俺にもくれるんじゃないかと期待して待ってみたが、君はそんな素振りをまったく見せない。だったらもう恥を忍んで自分からねだるしかないだろ?」

「陛下、甘いものお好きなんですか?」

「好きでも嫌いでもない。ただ君の作るものが食べたい」

「私が?」

「他の人間ばかり君の手作りを食べられるなんて、おもしろくないからな」

それはどういう意味だろうと首を捻る。

仲間外れにされたのがそれほど寂しかったのだろうか。ユファテスにそのつもりはなかったのだが。単純に、ディランが迷惑に思うのではないかと思って作らなかっただけだ。

彼が欲しいと言ってくれるなら、作らない理由はない。

「ちょっと待っててもらえますか」

ユファテスは頁をめくる手を止めて、椅子から立ち上がった。そのまま図書館を出て、誰も見ていないのを免罪符にして小走りで廊下を駆けていく。

隠し通路を使って自室の寝室に戻ると、自分用に取っておいたクッキーを手に持った。自分用だったので、小袋の中には三枚しか入っていないけれど、ディランに食べてもらえると思うだけで心が不思議なほど弾んでいる。

来た道を逆走して、図書館に戻ってきた。

扉が開く音に反応したディランが、紙面に落としていた視線を上げた。

「お待たせ、しましたっ」

普段あまり走らないせいで、自室との往復だけで息が上がる。

大丈夫かと声をかけながら近寄ってくる彼に、ユファテスは持ってきたクッキーの袋を渡した。

「これ、どうぞ」

「これは……いいのか？」

「もちろんです！　自分用だったんですけど、それより陛下に食べてもらえる方が嬉しいですから」

ふ、とディランが優しげに目元を緩める。

「ありがとう、ユファテス。嬉しいよ」

彼がユファテスの頭に手を伸ばそうとして、途中で引っ込める。

呪いで変化した耳を見た夜以来、そうして彼がなるべくユファテスに触れないようにしていることには気付いていた。お菓子を受け取る時でさえ、彼は慎重に受け取る。

そんなディランを見ていると、人というのはたった一面からでは判断できないのだと教えられているような気分になる。

冷徹帝と噂される彼。でも目の前にいる彼は、決して冷徹などではない。

彼は確かに敵に容赦のない人なのだろう。それは自分の秘密《のろい》をバラそうとした臣下への対処からも窺える。戦場では多くの敵を倒し、後継争いでは兄を蹴落としている。

——その一方で。

呪われた自分のもとへ嫁いでくる女性が傷つかないよう、最初から期待させないために自ら悪者を演じたり、ユファテスのような価値のない王女にも優しくしてくれたり、真摯に謝ってくれたりした。

どの彼も彼自身で、もしかしたら、他にも別の彼が存在するのかもしれない。

だからユファテスは、どんな彼も知りたいと思った。

人にここまで興味を抱いた経験はなくて、新しく芽生えたこの感情の正体を、まだ掴み損ねている。

ふたりで休憩する時の定位置となりつつある窓際のソファへ、ひとり分の空間を挟んで座った。

「ど、どうですか？」

さっそくクッキーを食べ始めたディランに恐る恐る訊ねる。

静かな図書館の中で微かに響く咀嚼音が、こんなに緊張を運ぶものとは知らなかった。ジェイスに試食してもらった時も気に入ってもらえるか不安にはなったけれど、ここまでではない。

彼の喉仏が上下する。

へぇ、と彼がこぼした。

「美味しい」

「ほ、本当ですか？」

「素朴な味だ。確かに野菜が入っているとは気付かないな。なんというか、目を瞠るほどのうまさというより、癖になるうまさという感じか。飽きずに食べ続けられる」

彼があっという間にすべてのクッキーを食べ終える。それを見て、胸に甘酸っぱい感覚が広がった。コレットにも、ジェイスにも、護衛の人たちにも褒めてもらったのに、あのディランに認めてもらえた事実が一番心を満たした。

「あの、もしご迷惑でなければ、これからも作ってきていいでしょうか？」

「ああ、もちろん。楽しみにしている」

「はい！　ありがとうございます！」

このふわふわした関係が続くのなら、皇妃として、妻として、求められなくてもいい。ユファテスは初めてそう思った。

今までは誰かに求められることで己の価値を見出そうとしていたけれど、今の関係がこんなに楽しいのなら、このままの関係でいたい。

たとえそれが時限付きの関係だとしても、この思い出があればまた独りで生きていけるような気さえした。

「実はですね、私、子どもの頃はパティシエになりたいと思ってたんです」

「君が?」

「王女なのに変ですよね。ついでに白状しますと、お花屋さんにも、カフェ店員にも、あとデザイナーにもなってみたいと思いましたね」

ディランがくすくすと笑う。

「夢溢れる少女時代だったわけだ」

「そうですよ。でも一番はパティシエでした」

あの頃はただ『王女』以外の何者かになりたかった。王女に生まれなければよかったと嘆いていた。王女に生まれたから、魔力がない自分はこれほどひどく詰《なじ》られるのだと荒んでいた。

実際、いくら魔力至上主義国家といえども、それは王侯貴族に当てはめられる概念だ。王侯貴族以外は魔力を持たない者もそれなりにいる。

それでも平民までユファテスを厭うのは、王侯貴族が魔法を使って彼らを守っているからだ。使えない王女に彼らが怒りを向けるのは、仕方ないところもあった。

「だから私、その夢を叶えるのもいいなと思い始めてるんです」

「……は?」

この関係はいつか終わる。ユファテスが終わらせる。

今は呪いがあるから解呪するために共に過ごしているけれど、本来は皇帝と聖女の身分差の結婚について調べて、ユファテスはふたりの愛を後押しするつもりだった。

「幸いにも私たちは白い結婚ですし、これといった政略的な目的もなく結婚したようですし、陛下には幸せになってもらいたいと思ってるんです」

「いや、ちょっと待ってくれ。白い結婚なのは……」

「あ、そこは納得してますので大丈夫ですよ。責めているわけじゃありません。でも呪いが解けたら、陛下にはぜひ好きな方と結ばれてほしいんです」

「好きな方？　誰のことを言っている？」

「エルヴィーナ様ですよね？」

「はっ？」

ディランが素っ頓狂な声をあげた。もしかして隠しておきたかったのだろうか。

(確かに陛下の性格なら、お飾りとはいえ配慮してくれそうですもんね)

なんだかんだ優しい人だ。これまで一度もユファテスの前でエルヴィーナの話をしなかったのも、気を遣ってくれていたからかもしれない。

「大丈夫ですよ、陛下。私、ちゃんと知ってるんです。陛下とエルヴィーナ様が相思相愛だって」

そう言った時、胸の奥がチクッとしたのは気のせいだろう。

「待て。待ってくれ、ユファテス」

「身分差なんて、一緒に突破しちゃいましょう！　私も解呪方法がわかり次第、聖女様と結婚できる方法がないか過去の例を当たってみますから」

「だからちょっと待ってくれ」

「そうしたら離縁しましょう。お飾りはもう必要ないですもんね」

「――っユファテス！」

初めてディランに怒鳴るように名前を呼ばれて、身体がびくっと大きく揺れた。

恐る恐る彼を見やれば、鋭い瞳に射竦められる。なにが地雷だったのかわからず、ユファテスは息を呑んだ。

「君の話が理解できない。エルヴィーナと俺が相思相愛？　離縁？　なにがどうしてそうなった」

「え、えっと」

口が思うように動かない。怒鳴られたから？　彼が怖い？　恐ろしい？

――いや、どれも違う。

（き、嫌われました？　私）

たぶん、それが怖いのだ。

自分に自信なんてないから、たった一度怒鳴られただけで弱気になってしまう。

といっても、自分が相手をなんとも思っていなければ問題はない。どれだけ怒鳴られようと殴られようと、感情は凍りついたように動かない。

でも、ディランは違う。彼のことはなんとも思っていないわけじゃない。

憧れているし、力になりたいと思うし、幸せになってほしいと思っている。

強く、強くそう思っている。

思いすぎて苦しいほどで、自分でもこれが本当に友人に向ける感情なのかわからなくなっているくらいだ。

とにかく、彼に嫌われるのがこんなにも嫌なのだと、今身に沁みて理解した。

「もしかして私、なにか、気に障るような発言を、してしまったでしょうか……？」

震える声で訊ねれば、ハッとした彼が慌てたように言う。

「すまない。怒ったわけじゃない。だから怖がらないでくれ」

途端に眉尻を下げる彼に、我知らずホッと胸を撫で下ろした。

「ただ誤解がある。俺とエルヴィーナはそんな関係じゃない。確かに皇室と神殿の関係が良好だと示すために、聖女である彼女と親しく見せる時はあるが、あくまで仕事だ。君は誰からそんなデタラメを？」

「その……噂で」

というのは嘘だが、ここでリズベルの名前を挙げるのは憚られた。

それに、リズベルから聞いたふたりの話はきっかけに過ぎない。

結婚式の翌日、ディランはエルヴィーナのもとを訪ねていた。ふたりは親しげだった。その様子からリズベルの話を信じたのだ。

「そんな噂が出ているのか？　――余計なことを」

ディランが舌打ちする。彼でもそんな荒っぽい仕草をするのかと、ちょっとだけ意外に思う。これもディランの一面なのだろう。

彼がユファテスの瞳を覗き込むように顔を寄せてきた。

「単なる噂だ。君が気にする必要はない。少なくとも、俺は彼女に特別な想いなど抱いていない。信じてくれ」

金色の瞳にジッと見つめられる。その瞳に映っていたのは、眉間に力を入れ、唇をきゅっと引き結ぶ自分の姿だ。

まるで、彼の言葉を非難するような表情。

それを認めた瞬間、心臓がひゅっと縮んだ。

（私、なんでこんな、責めるような顔を）

自分で自分の反応に戸惑う。そのせいで彼の視線から逃げるように下を向いてしまった。

（でも一瞬、ほんの一瞬だけ、じゃあどうして式の翌日にエルヴィーナ様と?って、思っちゃいました）

ユファテスに彼を責める資格などない。ユファテスは彼のお飾りの皇妃。形だけの妻だ。

なのに、分もわきまえず、なんてことを思ってしまったのだろう。

「ユファテス？」

なるべくユファテスに触れないよう気を付けていたはずのディランが、そっと手を伸ばしてきた。彼自身、無意識だったのかもしれない。

そしてその手をユファテスが拒んでしまったのも、無意識だった。

なんとなく気まずい空気のまま、その日は解散することとなった。

第四章　適当に妻を迎えたら

　昨夜、妻のユファテスから拒絶を食らったディランは、頭の中でその時のことを何度も思い出しては何度も反省していた。

　まず、あんな風に怒鳴るつもりはなかったのだ。獣化の呪いの影響で理性より本能が出やすくなっているせいで、つい感情のままに大きな声を出してしまった。

　本当はただ否定したかっただけだった。彼女に誤解してほしくなかっただけ。

　なにせディランは、聖女なんかよりユファテスの方が気になっているのだから。

　昨夜の過ちのふたつ目は、彼女にまだその想いをなにも伝えていないことだ。

「おいディラン、まだやるのか?」

「やる。相手しろ」

「うえぇ〜」

　士官学校時代に知り合い、親友とも呼べるほど意気投合したジェイスに向かって、ディランは訓練用の剣を構えた。

　ここは皇宮内に特別に作らせた皇族用の訓練場で、誰の目を気にする必要もない。人間の尻から尻尾が生えていようが、頭に獣の耳が生えていようが、隠す手間も要らない。

この時期は乾いているはずの風に湿り気を感じて、近く雨が降りそうだと頭の片隅で思う。

「なんだよディラン、さっきから考え事か!?　剣筋が乱れてんぞ！」

「っく」

ふたりきりの時だけは敬語も敬称も不要だと伝えているので、ジェイスに遠慮はない。

猛攻を仕掛けてくる彼の剣を適当にいなし、隙をついて横腹に蹴りを入れる。

「ちょっ、ここで足出すか普通!?」

「戦場はなんでもアリだろ！」

「仰る通りで！」

剣戟《けんげき》が繰り返し響き、胸の内に溜まっていた鬱憤を晴らすように身体を動かす。

士官学校では、ジェイスの方が先輩だった。単純に年齢のせいだが、彼は士官学校を首席で卒業している。

そして卒業後も、ジェイスが参戦する戦は負け知らずだ。

――戦場の鬼神。

そう呼ばれ恐れられ、気付けば異例のスピードで連隊長にまでなった男。

彼の赤い瞳と赤い髪は、戦場で見ると敵の返り血でも浴びたのかと勘違いするほどだった。

それほど普段のジェイスと戦闘時の彼の気迫が違いすぎるのだが、頼もしいと思っていた腹心が、今は少しだけ憎い。

「おまえ、ユファテスと仲よくなりすぎじゃないか」

「え？　なんて？」

「惚けるな！」

剣を横に一閃する。飛んで躱されるが、追撃を加えるためにジェイスを追ってジャンプしたら、自分の想像以上の高さまで飛んでいた。明らかに人間業ではないジャンプ力だ。

これにはディランはもちろん、ジェイスも落下しながら目を見開く。

「「………」」

ふたりとも地面に着地した後、なんとも言えない沈黙が落ちる。一気に戦意が削がれた。

それはジェイスも同じらしい。互いになにも言わずとも剣を下ろした。

「――で、なんだって？」

「だから、ユファテスとの距離を考えろと言った」

「さっきと言ってること違わない？」

「やはり惚けてたな」

流れる汗を拭くため、訓練場の隅に置いておいたタオルのもとへ移動する。

呪いにかかってから約二カ月以上、さらに耳が生えて表舞台に出られなくなってから、もう一カ月以上は経っている。

執務は自室でしているので滞ることはないが、とにかく不便だ。身体も鈍《なま》る。

だからこうして秘密を知るジェイスに空いた時間を使って相手をしてもらっていた。

「そんな文句言われてもさー、俺が責任者なんだから仕方ないだろ。ていうか、俺を選んだのディランじゃん」

「だったらおまえのその口の悪い本性をユファテスに見せろ。知ってるぞ、一人称までわざわざ『私』に変えているだろ」

「それも妃殿下への敬意だろ⁉」

どかっと、壁にもたれるようにしてジェイスが地面に座り込む。

その隣で補給用の水を呷った。

「そういえばさ、知ってるか？　皇宮内で流れてる、おもしろおかしい噂のこと」

「たとえば」

「『結婚してから皇帝夫妻が揃ってるところをまだ一度も見ていない』『皇帝には恋人がいるんだからどうせ仮面夫婦』『所詮、魔力しか能のない小国の王女』」

「は？　それを言っていた奴らの名前は控えてるんだろうな」

「俺の前で言った奴にはきっつ〜いお仕置きしてあるから大丈夫。その他は知らん」

「知らんじゃない」

ユファテスを侮辱した人間は、誰ひとりとして野放しにするつもりはないのだ。それは皇妃が舐められないためにも必要な措置だが、一番はディラン自身がそんな輩を許したくなかった。

「そこは俺じゃなくてディランの番だろ！　おまえこそなにやってんの？　初夜に妃殿下の寝室に忍び込んで工作したのはよかったよ？　おかげでそこを突っ込む奴はいねぇからな。でも式の翌日に他の女のところに行ったのはありえない。最悪。しかもいくら好かれないためとはいえ、あの態度もひどい。廊下で偶然出くわした時だって、必要以上に突き放しすぎ」
「廊下のは仕方ないだろ。おまえだってあの時俺と一緒にいた貴族が反対派だったのには気付いていただろう？」

反対派というのは、皇妃を他国から迎えることに反対していた家門のことだ。あのふたりはユファテスの姿を認めた途端に顔をしかめた。他国から嫁いできてくれた彼女を、あんな悪意の前に晒し続けたくはなかったのだ。

それに、あの場でもしディランが変にユファテスを庇えば、悪意は増長しただろう。

「他の女って言うが、あれだって理由がある」
「はいはい、それは聞きましたよ。聖女様から相談されたんですよねー。誰かに監視されてるような気がするって。その調査結果を伝えに行っただけなんですよねー。でもさぁ、それをなんでディランが対応してるわけ？」
「エルヴィーナが神官長に泣きついて、泣きつかれた神官長が俺に泣きついてきたんだよ」
「あー、神官長なら無理だわ」

皇室と神殿は、一応、対等な関係を築いている。そのせいで互いに互いのトップの言葉は簡単に無視できない状況なのだ。

加えて事が事だったので、早めに問題なかった旨を伝えた方が安心するだろうと思ってあの日になったが、今思えば一日くらいずらせばよかった。

「ま、馬鹿な噂を流してる奴らはさ、妃殿下の護衛に皇帝の腹心《おれ》が就いた意味をなんにも考えてないんだろうな」

「まったくだ。いいか、彼女に危害を加える者がいれば容赦なく切り捨てろ。許す」

「わかってるって」

最初はどの王女が嫁いでくるかわからなかった。

ソリアスの王女がひと癖もふた癖もあることは、実際に夜会などで接した経験から知らないわけではなかった。

もちろん全員と会ったわけではないけれど、ソリアス国王夫妻と長女の性格が似ているところで察せられるというものだ。他の王女もどうせ似たようなものだろうと決めつけていた。

それでも、呪いにかかる前は、迎える以上は夫としての責務を果たそうと覚悟していたのだ。

だからジェイスを護衛に任命にし、優秀と評判なコレット・ウィンストンを侍女に付けた。

ちなみに、もうひとりの侍女は神殿側の人間である。ディランの差配ではなく、これも神官長からの『皇妃となる方にはこの国における神殿の重要性も知っていただきたいので』という、もっともらしい言葉を受け入れた結果だ。

ゆえにディランの方から解任するには、それなりの理由と、ユファテスの意思が必要だった。

彼女がその侍女から嫌がらせを受けているのは、ジェイスやコレットからの報告で知っている。

なのに、どうやらふたり曰く、彼女自身は嫌がらせを受けている自覚がなさそうだというのだ。むしろ楽しげに話している時もあって、今は様子見しかできない状態だった。

「ジェイス」

「んあ？」

「もし彼女に危害を加える人間が神殿側の奴らでも、命には代えられない。万が一の時は……」

「それも承知済みです～。ったくさぁ、いつのまにそんな大事な存在になってるわけ？　確かに妃殿下って、聞こえてくるソリアスの王女の悪い噂にはまったく当てはまらないし、気さくだし、よく動物としゃべってるお茶目な方だけど、ディランがそこまで夢中になるのは正直予想外」

「…………」

ジェイスの言う通りだ。ディランでさえ今の心情は予想もしていなかった。

呪いにかかってからは、ソリアスの王女がこんな自分を受け入れるはずがないと期待もしていなかった。

なのに、彼女はどうだ。

こちらから打診した結婚だっただけに、離縁を願い出るのは難しいからというのと、呪いのことを公にはできないからというふたつの理由から、向こうから離縁してもらうために冷たくしても文句も言わない。

やましいことはなにもないとはいえ、式の翌日に他の女性を訪ねる夫と遭遇したのに、怒るどころか身を引いた。

そしてディランの心に最も衝撃を与えたのは、やはり図書館で初めて遭遇した時のことだ。

いくら動物が好きだといっても、呪われた姿を恐れもせず、自然に受け入れて、しまいには打算だらけのディランを指して優しいとまで言う。

ディランが冷たい態度だったのは、ディランの不器用な優しさがそうさせたのだと言い、でなければもっと上手に自分を利用したはずだと口にするのだ。

――〝私なら騙し通せて、色々と都合よく使えたと思いますよ？〟

なんて女性《ひと》だと思った。

いまだかつてこんな人間には出会ったことがない。

理不尽をただ怒るでもなく、ただ嘆くでもなく、ただ悲しむでもない。

彼女はどんな現実であれ受け入れ、咀嚼し、自分なりに前へ進もうという気概を持っている。

自分のことを『私なんか』と否定するくせに、それでも自分なりに足掻こうとしている。

そのチグハグさに興味を引かれた。

その折れない芯に心が惹かれた。

強く輝く朝焼けの瞳に、ひどく焦がれた。

「そうだな。そのお茶目なところに、俺は救われたよ。冷徹帝と指を差され、恐れられ、どんどん獣化も進んでいくこんな俺を、でも彼女は当然のように受け入れてくれた。それが嬉しかった。彼女のような人は他にはいない。そう思ったら、逃がしたくないと思ったんだ」

「おー、熱烈だね。なのになんでそれを本人に言ってないわけ？」

「言っていいのかわからない。そもそも獣化も解けてないのに」

「それなんだよなぁ。呪いのことがバレても部屋を隣にしないのは、いつ理性を失って襲うかわからないからだし」

「ああ。それに、受け入れてくれたから惹かれたなんて、そんなところも打算的な気がして言えない」

「ええ？」

なに言ってんだとジェイスの裏返った声が届く。

「恋愛なんてそんなもんだろ。結局は『この人にそばにいてほしいから』っていう究極の打算が働いた結果だろ？　我儘とも言うな。それを相手も同じように思ってくれたらハッピーエンド。思ってくれなかったらバッドエンド」

「いっそ清々しいな、おまえ」

「ディランがごちゃごちゃ考えすぎなんだよ。職業病か？」

返事に詰まる。そうとも言えるような、でもただの性分でもあるような。

「ごちゃごちゃ考えすぎて、また動けなくなるなよ」

先ほどより真剣味を帯びた声音に、ディランはジェイスを見下ろした。隣で地面に座り込んでいたジェイスは、まっすぐにディランの瞳を射貫いてくる。

「俺はもう二度とごめんだぞ。おまえがあんな傷つき方をするのは」

その赤い瞳を介して、過去の一幕が脳裏に蘇る。

燃える部屋。噎《む》せ返るほどの血の匂い。哄笑《こうしょう》を湛えた死に顔の、目元に残る涙の跡に思わず吐きそうになった。

どんな戦場でも冷静さを失わない自分が、兄の死を前に初めて吐き気をもよおした。

「違う。あの時傷ついていたのは俺じゃない」

そう、兄だ。同じ父を持ち、ディランが殺してその地位を奪った異母兄《あいて》。

兄は父が使用人に産ませたディランのことも、随分とかわいがってくれた。大人の思惑がどうであれ、そんな兄にディランが懐くのは当然だった。

けれど、将来皇帝になる兄を支えるために士官学校に入学した頃から、兄は変わっていってしまったのだ。

どんどん頭角を現すディランを恐れ、何度皇位に興味はないと宣言しても信じてもらえず、荒れた兄は他者を蹂躙するようになっていった。

それを忠告すればますます兄弟の仲は拗れていき、やがて兄は皇帝という重圧にも耐えられなくなっていく。

そんなある日、兄の侍従が兄の手紙を届けに来た。

そこには兄の本心が綴られていて、とっくに兄の心が壊れていたことを知った。

手紙の最後が『愛しているよ、私のかわいい弟よ』で締めくくられているのを見て、ディランは直感的に兄の部屋へと走った。

部屋の前に護衛がいない。それだけで嫌な予感が胸に広がる。ほとんど殴るようにして開けた扉の中で、真っ赤な水たまりに沈む兄を見た――。

「あの人を殺したのは、俺だ」

真実がどうだったとしても、ディランはそう思っている。自分の存在が、あの優しかった兄を殺してしまった。

この世に神がいるというのなら、なぜ自分ではなく兄を連れていってしまったのかと問いただしたい。

なぜ自分や義母のような狡猾で汚い人間ではなく、兄や母のような心優しい者を連れていくのかと問い詰めたい。

そうして、今度は絶対に神《おまえ》になど渡さないと啖呵を切ってやるのだ。

「大丈夫だ、ジェイス。同じ過ちは繰り返さない。だからおまえも、俺より先に逝くなよ」

その返事なのか、ジェイスがディランの脛を拳で打ってくる。

「心配しなくても、俺も汚れすぎて神様には嫌われてるんでね。おまえは妃殿下の心配だけしとけ」

「そうだな……彼女はいかにも好かれそうで、正直怖いよ」

とにかくまずは呪いを解かなければ始まらないと、そちらの話にシフトして少し経った頃。

ふたりしかいないはずのこの場所で、第三者の足音を獣の耳が拾った。

反射的に音の方を振り返る。ジェイスも遅れて同じ方を警戒し、すぐさまディランの盾になるよう前へ出た。

はたして柱の陰から現れたのは、聖女であるエルヴィーナだった。

いつもは女神のように慈悲深い微笑を湛えている彼女が、顔全体で驚きを露わにしていた。

その表情を見ただけでディランもジェイスも自分たちの失態を悟る。

どこからかは知らないが、間違いなく話を聞かれた。呪いに関する話を。それに、そんなものを聞かれていなくても、今のディランの姿だけでも十分驚愕に値するだろう。

相手が聖女と判明した時点で、ふたりとも表向きは警戒心を解いた。

「これはこれは聖女様、ごきげんよう。陛下に御用でしょうか？」

「え、ええ」

「そうですか。ですが、ここは皇族以外立ち入り禁止ですよ。どなたの許可を得て入られました？」

「神官長です。最近陛下とお会いできていなかったものですから、もしご病気なら、私が治せるのではないかと思いましたの。それで……」

「おかしいですね。陛下がそんな要請をしていないのに、勝手にいらっしゃったんですか？」

「……っ」

ジェイスが言葉の裏に敵意を滲ませるが、ディランも止めない。

彼女ひとりしかいないところを見るに、さすがの神官長も聖女以外の人間を通そうとはしなかったようだが、苛つく心は抑えられない。

今代の神官長は、皇家の傍系でもある。

ゆえにこの場に立ち入ることも可能ではあるが、まだ若い皇帝を見下している彼が自ら好き好んでディランに近付くことはなかった。

ただ、代わりにエルヴィーナを使ってこちらを振り回そうとしているのは知っている。

トレオール戦線で命がけで兵士たちの傷を癒やした聖女の話は有名で、むしろその功績から『聖女』になった彼女は民の信頼も厚い。

そんな彼女を少しでも無下にすれば、神官長はこれ幸いと皇帝の悪評を広めて神殿の立場を優位にしようとするだろう。

だからといってこんな場所にも寄越してくるとは思わず、完全に油断した。

(どうする。エルヴィーナの口から神官長に呪いの話がいくのはまずいぞ)

かといって、聖女を捕らえるわけにもいかない。

この醜い姿に恐怖し、逃げられる前に、なんとか話をつけなければと思案していた時。

「陛下、そのお姿は、いかがなさったんですか?」

怖がるどころか、エルヴィーナは心配そうに瞳を揺らしながら確認してきた。

牙と尻尾が生える様を見ただけで恐慌に陥り、逃げ出そうとした使用人とは雲泥の差である。

これにはジェイスも驚いたのか、ちらっと視線を向けてくる。ディランは小さく首を横に振った。

「見られてしまったなら仕方ないが、他言は無用で頼む」

「ええ、もちろんです。ですが、どうしてそのようなお姿に……」

やはりそこは気にするよな、と内心でため息をつく。

だが、神殿側である彼女に呪いのことがバレるわけにはいかない。なんとかうまい言い訳はないかと頭を高速で回転させてみるが、妙案は浮かばなかった。

結局できることといえば、ひたすら沈黙を保つことだけだ。

「あの、仰りたくないのはわかりましたわ。でももし私がお役に立てそうなら、遠慮なく言ってくださいませ。陛下のためでしたら私、なんでもいたしますから」

頬をほんのりと上気させて、エルヴィーナが控えめに見つめてくる。

相手が皇帝だからと、無理をして気丈に振る舞っているようにも見えない。

「君は恐れないのか？　こんな姿の俺を」

「それは……ふふ、当然ですよ。私は陛下が本当はお優しい方だと存じ上げておりますもの。姿が変わっただけで恐れたりはいたしません」

「いずれ本物の獣に成り下がるとしても？」

「ええ」

「なぜ？」

「それはもちろん、陛下のことをお慕い申し上げているからです」

熱に浮かされた瞳がディランを映す。愛しい男のための健気な姿は、きっと庇護欲をそそられるものなのだろう。

日に透ける金の髪、白い肌、桃色の唇。エルヴィーナの美しさは万人を虜にする。

(なのに、なぜだ)

どれも魅力的に見えない。

エルヴィーナも自分を恐れないのに。

人間ではありえない姿を目にしても、恐れるどころか微笑みかけてくれたのに。

(ユファテスと同じだ。彼女も、エルヴィーナも、力になりたいと言ってくれた。俺を受け入

れてくれた。なのに、エルヴィーナには心が動かない）

ユファテスを逃したくない、捕まえておきたいと思うのに、エルヴィーナにはそう思わない。

金の髪よりも白銀の髪、碧い瞳よりも朝焼けの瞳に、強く魅せられる。

ついさっき、自分を受け入れてくれたからユファテスに惹かれたと話したくせに、条件が同じでもエルヴィーナには惹かれない。

（はっ、なんだ、そうだったのか）

思わず口端から笑みがこぼれる。

これは確かにジェイスの言う通りだった。ごちゃごちゃ考えすぎていた。

受け入れてもらえたのがユファテスに惹かれたきっかけだったのは間違いないけれど、それはあくまで〝きっかけ〟にすぎなかった。

自分は自分で思う以上に、彼女の他のところにも惹かれていたらしいと自覚する。

明るい声。素直な笑み。こちらを気遣う眼差し。でもふとした瞬間に翳りを帯びる大きな瞳。

なのに名前を呼ぶと、嬉しそうに輝く表情《かお》。

彼女の甘い匂いも、高貴な女性とは少し異なるてきぱきとした動作も、考え方も、すべてが好ましい。

まさかこんなタイミングで自分の想いに確信を持つとは思わなかった。

「悪いな、エルヴィーナ。俺はもう結婚している」

「……ええ。ですが、愛のない結婚でしょう?」

その答えは『是』であり、『否』でもある。

ユファテスはディランに愛なんてないだろうけれど、ディランには愛がある。

そして彼女に愛がなくとも、彼女を解放する気はない。こんな感情を誰かに抱いたのは初めてなのだ。絶対に呪いを解いて自分のものにしたい。

この先彼女以外の女性と親しい仲になる未来は、ないと言い切れる。

「今はなくても、種を植えて、大事に育てて、必ず芽吹かせる。簡単に諦めるつもりはない。まあ、それでも振り向いてもらえない時は――そうだな、子どもに頼ろうか」

ぽろっと本音を口にすると、ドン引きしたらしいジェイスからツッコミが飛んでくる。

「陛下、それは普通にアウトですから。妃殿下の前では絶対に言わないでくださいよ」

「アウト? なにがアウトなんだ?」

「………………」

黙り込むジェイスに答えを催促するが、半目で睨まれて終わる。

口を割る気のないジェイスをいったん諦めて、ディランはエルヴィーナを出口へエスコートすることにした。耳と尻尾を隠すための上着とフードを手に取って被る。

まあ、エスコートといっても、一般的なそれと違って腕は貸さないが。

「さ、この姿だから途中までしか送れないが、行こう」

「陛下、それでも私はっ」

まだ言い募ろうとするエルヴィーナに、ディランはにっこりと笑みを形作った。

「ところでエルヴィーナ。ここで見たことや聞いたことを万が一にも他言した場合、聖女といえども俺はどうするかわからない。俺が兄を殺めてまでこの地位に就いた話は、君も知っているだろう？」

青ざめるエルヴィーナを横目で窺い、これなら神官長に告げ口する可能性も低いだろうと考える。

念には念を入れて監視役も送り込もう。エルヴィーナがそうとわかるような、いい抑止になり得る適任者はいるだろうかと、脳内で顔見知りを当たっていく。

やがて皇族専用区域の出口付近に到着すると、ディランはそこでエルヴィーナを見送った。

自分以外の〝皇族〟が、その場面を見ているとも知らずに。

第五章　冷徹帝を怒らせたら

自分はなんて間の悪い人間なのだと、ユファテスは曲がり角の陰で蹲った。

まさかディランとエルヴィーナが一緒にいるところをまた目撃してしまうなんて。

ここは皇族の住まう専用区域だ。ディランの治世になってからは、ここには彼以外住んでいないと聞いている。

ユファテスが嫁いでからは、互いの部屋の場所は遠いといっても、ユファテスもここの住人になった。

それでも今まで一度も廊下で出くわさなかったのは、彼が呪いにかかっていたからだろう。

ユファテスと鉢合わせないよう彼が慎重に行動していたに違いない。

なのに、ディランを拒絶して気まずい状態の今になって、こんな鉢合わせ方をするとは。

（なんでですか。さすがにフードを被る理由を説明できないからって、今は外で公務はしてないって聞いてたのに）

それなのに、と腹の底からごぽっと黒いものが煮立つ。

（エルヴィーナ様とは、会ってるんですね）

そう思って、すぐ我に返った。

自分の今の思考が信じられなくて、わけもなく両手で口元を押さえる。

その時、曲がり角の先にいるふたりの会話が耳に届いた。

「ここまでありがとうございました、陛下。ですが、最後にひとつだけ。そのお姿のことで困ったことがありましたら、私のところにいらしてください。必ずやお役に立ちますわ」

「ああ、ありがとう」

声にならない声で、ユファテスは胸の痛みに耐える。心臓の上をぎゅうっと手で押さえて、今の会話の意味を考えた。

（お姿ってことは、エルヴィーナ様も、呪いのことを……？）

きっと知っている。打ち明けたのだ、彼女には。偶然見てしまった自分とは違って、彼女はディランの口から打ち明けてもらえたのだろう。

だって、もうほとんど自室から出ないはずのディランの姿を、自分と同じようにたまたま見る機会などないに等しいのだから。

（それだけ、エルヴィーナ様は信頼されてるってことです。お飾りの妻よりも）

ああ、痛い。痛い。苦しい。なんでこんな気持ちになるのだろう。

もうずっとわからない。こんな感情は未知で、なんでこんなに胸が痛いのかもわからなくて、誰かに助けてほしい。

まるで水の中で溺れたように息が苦しい。

いや、個々の感情ならわかるのだ。痛いのも。苦しいのも。悲しいのも。でもたまに嬉しくなって、楽しくて。力になりたい。もっと知りたい。笑ってほしい。そんな感情も混ざってくる。

相反する気持ちを伴うこの現象の名前を見つけられなくて、もうずっとモヤモヤしていた。

気付けば周囲は静まり返っている。

そっと角から覗いてみると、ふたりの姿は消えていて、ユファテスはなんとか膝に力を入れて立ち上がった。来た道を走って、走って、とにかく走って自室へ戻る。

扉を勢いよく開けると、ぎょっとするコレットにもリズベルにも声をかけずに寝室へと駆け込んだ。そのままベッドへダイブする。

自分でもなにがしたいのかわからない。

「妃殿下、いかがなさいましたか？」

コレットの窺うような声が近くで聞こえた。心配して様子を見に来てくれたのだろうか。

愛想はないけれど、彼女の行動は優しさで溢れている。だからユファテスは口数の少ない彼女でも信頼していた。

のそりと上半身を起こして、力なく眉尻を下げた。

「すみません、なんでもないんです。ただベッドに飛び込みたい気分だっただけで」

「ちょっとぉ！　飛び込むなら明日にやってくださいよ！　今日は私が衣服担当なんですよ！

ドレスにしわができたら責任取ってくれるんですか⁉」

ぷりぷりと怒りながらリズベルもやってくる。そんな彼女にコレットが睨みを利かせるのはもう日常茶飯事だ。

リズベルの文句はもっともなので、急いでベッドから抜け出した。仕事を増やしてしまって申し訳なく思う。

「それでぇ？　ユファテス様、陛下と会えました？」

「えっと、会えませんでした。お留守だったみたいです」

「まああ！　それは残念でしたね！」

満面の笑みで言うリズベルに苦笑を返す。離れた場所から一方的に姿を見ただけの場合は、会えたとは言わないだろう。

ユファテスがディランのもとを訪ねたのは、リズベルに勧められたからだ。妻ならたまには夫を労ったらどうか、という提案だったのだが、そう言われて初めて自分から彼を訪ねた覚えがないことに愕然とした。

彼の事情を知る前は迷惑だろうと遠慮していたが、彼の事情と人柄を知った今なら、行っても大丈夫なんじゃないかという仄かな期待が生まれた。

それに、昨夜のことを謝りたいとも思ったのだ。

拒絶したくてしたわけじゃないと。

勝手に身体が動いただけで、失礼なことをしてごめんなさいと。

それで、また一緒に解呪方法を探していけたらいいと思っていた。

（なのに、謝るどころか逃げ帰ってきて。エルヴィーナ様との仲、応援するって決めたのにモヤモヤして。……あれ。でも陛下はエルヴィーナ様のこと、好きなわけじゃないって言ってましたね？　けどふたりは相思相愛のはずで……？　んんん？　なんかわけがわからなくなってきましたよ。そもそも、好きってなんです？）

頭の中で思考が迷路にはまっている。

ユファテスはエルヴィーナとディランが相思相愛だと思ったから応援しようと決めたのだ。想い合うふたりの邪魔なんてしないように。ふたりの背中を押せるのは自分にしかできないと思ったから。

けれど、ディランはエルヴィーナを想っているわけではないと言う。

その言葉がお飾りとはいえ妻を気遣って出た言葉なのか、それとも本心なのか、ユファテスには判別する手立てがない。

なぜならユファテスは、前提となる『人を好きになる』という気持ちがよくわからないからだ。

誰からも愛されず、愛を知らずに育った。

遠巻きにされてきたユファテスは、愛し合う恋人や夫婦すら身近に見たことはない。

教えてくれる親なんていなければ、友人もいなかった。

人が恋をする生き物なのだとは知っていても、どういう状態が人を好きになっているのかがわからない。

こんなことを口にすれば、きっとお子様だと笑われる。

「妃殿下、今日は部屋でゆっくりと過ごしませんか？」

思考の底に沈んでいたら、コレットが気にかけるように提案してくれた。

「はあ？　やめてよ。ユファテス様にいられたら掃除ができないじゃない。ユファテス様も、外に出て運動しないと太りますよ」

「妃殿下はむしろ太った方がよろしい体型です。それに本日は風が冷たいですので、お風邪を召さないためにも室内にいることをお勧めします」

「いいえ！　外！　あ、それかぁ、ユファテス様って馬に話しかけたりするんですってねぇ？　ちょうどいいじゃないですか。くっさぁい臭《にお》いの中で楽しくおしゃべりしてきたらどうですかぁ？」

ユファテスは首をこてんと傾けた。

「もしかしてリズベル、馬の匂いを嗅いだ経験がありませんか？　馬自身は臭くないですよ。お日様みたいな匂いがするんです。今度嗅いでみます？」

「はい!?　そういう話じゃないんですよ！　イメージですよ、イメージ！」

「それはもったいないです。なんなら今から一緒に行きますか？」

信じられない、とリズベルが声を張り上げる。

「行きませんよ！　出会った時から思ってましたけど、そういうところムカつきますよね！」

「その前にあなたの態度が悪すぎます、リズベル。妃殿下がお優しいからと言って、いつまでも許されると思わないでください」

「なぁにぃ？　伯爵令嬢の分際で私に偉そうにしないでくれる？」

「それを言うなら侯爵令嬢の身で妃殿下に偉そうにしないでいただけますか」

ふたりの間にバチバチッと火花が散る。

これまでもよくコレットがリズベルを睨み、リズベルがコレットを挑発する場面は何度かあったけれど、ここまで言い合いになったところは初めて見た。

このままではまずいと焦ったユファテスは、力いっぱい自分の両手を叩いた。

音にびっくりしたふたりがユファテスに注目する。

「わかりました。では間を取って、今日はお菓子作りにします！」

正しくは、今日も、だけれど。

コレットの手を取ったユファテスは、逃げるようにいつもお世話になっているキッチンへと足を運んだ。

「——おっ、皇妃様じゃあないですか。またいらっしゃったんですね」

「え、えへへ……すみません、また来ちゃいました」

開口一番で料理長のニールスにそう言われ、気まずくなったユファテスは目を逸らした。

しかしニールスに責める意図はなかったようで、逆に向こうからも焦ったように謝罪されてしまう。

もう何度か通っているキッチンは、さすが皇宮だけあってかなり広い。その分雇われている人数も多く、料理の仕込み時間はまるで戦場のように人が行き交う。

今は昼食の片付けも終わった時間だろうと思った通り、キッチンは閑散としていて、おそらくコックやキッチンメイドたちは遅めの昼休憩を取っているところだろう。

「そんで？　今日はなにを作りに来たんすか？」

ニールスは、ディランが即位した時に引き抜いた人物らしく、まだ三十歳と若い。

祖国にいる長兄と年が近いので兄のような錯覚を覚えるけれど、実兄とは比べものにならないほど親切な人である。

料理人らしくいつも清潔に身なりを整えているのに、夕方になると髪色と同じアッシュブロンドの顎髭が生えてくるのが悩みだというチャーミングな一面もある。

だからか、変にかしこまらない彼はとても接しやすく、ユファテスが打ち解けるのも早かった。

「今日はですね、小さな筒状の生地にリコッタチーズのクリームを詰め込んだ、カンノーロというお菓子を作ろうと思ってるんです」

「それなら知ってるなぁ。ソリアスの南部地方の菓子っすよね、確か」

「そうです、さすがニールス！」

「友人にそこ出身の奴がいて。そいつに教えてもらったんすわ。あれは揚げた生地を使ってますけど、そんなにしつこくなくて食べやすいんだよなぁ。パリパリした食感が最高で」

「そうなんです。しかも小さいので、片手間に食べられますしね」

ユファテスがお菓子を作る上で気を配っていることは、とにかく食べやすいかどうかという点だ。味が美味しいのは前提条件として、侍女や兵士たちが休憩中につまめるようなものばかり作っている。

「その材料ならあると思いますけど……うーん」

「どうしました、ニールス？」

「いやね、その菓子って、揚げた生地のパリパリ感が結構大事なんすよ。けどクリームを詰め込んじまうと、その瞬間から生地がふやけてくんです。今回も差し入れするんですよね？」

「はい、そのつもりでした。でもニールスの言う通りですね……」

しゅんと落ち込んでしまったユファテスに、ニールスがまた唸って、それからなにか思いついたように手を叩く。

「じゃあ、夕食のデザートにするってのはどうですかい？」

「夕食のデザートに？」

「クリームは提供する時に詰めるんです。そうすればパリパリ感を味わってもらえますよ。一日頑張った褒美に甘いものってのも結構嬉しいもんですし。な、コレット」

　無言でユファテスたちのやり取りを見守っていたコレットが、こくりと首を縦に振った。

「いいですね！　ぜひそうしましょう」

「で～、もしよかったらそれ、皇妃様が提供しません？」

「私がですか？」

「いつもはコレットやジェイスさんを通して差し入れてんすよね？　だからなのか、差し入れを食べた連中の何人かがたま～に俺が作ったんだと勘違いして礼を言いに来るんですよ。もちろんちゃんと訂正はするんですけど、あいつらも皇妃様に直接礼を言えたらいいなって話してたんで」

「えっ。そんな、だって私、ただ趣味で作ってるだけですよっ？　むしろ食べてもらえることに私の方がお礼を言いたいくらいで」

「じゃ、お互い直接伝えたい感謝があるってことで、どっすか？」

　本当にいいのだろうかと、黙考する。

　でもニールスの提案に惹かれている自分もいる。

最初は本当に身近な人だけにしていた差し入れだったが、その人たちから広がって、今では結構な量を差し入れしており、コレットやジェイスから評判だとは教えてもらっていた。

ただ、ユファテス自身はその光景を見ていない。コレットとジェイスの話を疑っているわけではなく、単純に見てみたいと思った。自分の作ったもので誰かが喜ぶ姿を。

「じゃあ、もし迷惑でないのなら、お願いしてもいいですか？」

「もちろん、そうこなくっちゃ！　んじゃ、もうひとつ提案なんすけど――」

それから、ニールスのふたつ目の提案で、中に包むクリームを数種類用意することになって、その場で好きなクリームを選んでもらおうという話になった。

チョコレートクリーム、オレンジクリーム、カスタードクリーム。

さすがは皇宮で料理長を務めるだけあって、彼は色んなアイディアを出してくれる。それが楽しくて、お昼前のモヤモヤを一時でも忘れられた。


そうして緊張の夕食時がやってくる。

今回は、すぐに許可の取れた兵士用の食堂で提供する運びとなった。

普段はニールスも配膳には出ないけれど、ユファテスを気遣って隣に立ってくれる。

コレットも当たり前のように手伝ってくれて、祖国にいた時には感じなかった人の優しさに密かに感動する。

結論から言って、ニールスの企画は成功した。

さすがに最初はユファテスの存在に驚く者、恐縮する者もいたけれど、ニールスがうまく取りなしてくれたおかげで徐々にお互いの緊張はなくなっていった。

「いつもお菓子ありがとうございます！」

「オールド連隊長からお話は伺ってます！」

「妃殿下のお菓子を食べると、なんか元気が湧いてきて、俺いつも楽しみにしてるんです」

「自分は妃殿下のお菓子に力をもらって、また頑張ろうって気合入れてます」

これまで人を介して聞いてきた感謝の言葉を、初めて面と向かって受け止めた。

自分の趣味でしかなかったものが、まさかこれほど誰かに喜んでもらえていたなんて思ってもみなかった。

それが嬉しくて、本当に嬉しくて。思わず泣いてしまって、その場にいた人たちを困惑させたことは申し訳なかったけれど、嬉し涙ですと伝えればみんなが笑ってくれた。

（やっぱり私、離縁したら、お菓子作りに携わりたいかもです）

生まれてこの方、こんなに多くの人に感謝されたことはない。

これほどたくさんの人に喜んでもらったことはない。

（こんな私でも、誰かに喜んでもらえるなら――）

その時、頭の中にディランの顔がよぎった。

本当にそれでいいのかと、冷静な自分が問う。

そんな調子で明確な答えを出せないまま、いつもの夜がやってくる。

特に約束をしているわけではない。

それでも、ディランの呪いを解きたい気持ちは変わっていない。

昨夜は微妙な空気のまま別れてしまったので、図書館でディランの姿を見つけた時は我知らず安堵の息をこぼしていた。

ただ、今日見かけてしまった彼とエルヴィーナの逢瀬が頭の中にちらついて、ぎこちない態度を取ってしまう。

ディランもユファテスのそんな様子に気を遣ってくれているのか、昨夜のように積極的に接してこない。彼にもカンノーロを渡した時だけ気まずそうな表情が消えて、とても嬉しそうに笑ってくれた。

(なんででしょう。兵士の皆さんの時も嬉しかったですけど、陛下に笑ってもらえたのが、やっぱり一番……)

心にじんわりとした温かさが沁み込んできて、胸がきゅっと切なくなった。

その日から、ユファテスは持て余す感情を振り払うように、これまで以上にお菓子作りに没頭した。

ニールスのもとへ通い、彼の暇な時間に製菓の基礎を教わり、コツを習い、そうして作ったお菓子を差し入れする日もあれば、ニールスと共にお茶をしながら彼の料理人としてのこれまでを聞いて、自分の今後について考える時もあった。

そうして春もほぼ終わり、薔薇が見頃を迎え始めた今日は、コレットが休みなので、久しぶりにジェイスがキッチンについてきてくれた。

しかし彼はなにを思ったか、ニールスに教わりながらレモンスティックパイを作り始めて少し経った頃、顔を青ざめさせてどこかへと走り去ってしまう。

「どうしたんでしょうか？」

「さあ？　雉を撃ちに行ったんじゃないっすか？」

ニールスの言葉になるほどと頷く。お手洗いなら、ダッシュの理由も青ざめていた理由も納得できる。ユファテスはレモンスティックパイ作りに意識を戻した。

本当はレモンパイを教わる予定だったのだが、パイは片手間では食べにくい。というわけで、せっかくならこれまで通してきた信念を通すように片手間でも食べられるものを作りたいと言ったユファテスに、ニールスが一緒に考えてくれたのがスティック型のレモンパイだった。

「いや～、皇妃様といると俺も刺激されて楽しいっすわ」

「私もニールスと色んなアイディアを出し合うの、楽しいです！　ニールスがここの料理長で本当に感謝してます」

「よしてくださいよ。おだててもなにも出ないっすよ？」

「出なくていいんです。私はただ自分の気持ちを口にしただけですから」

「あーあ、そんなこと言って。俺はいいですけど、あんまり無意識に人をたらし込むと後が大変っすからね？」

たらし込む？と首を捻る。

すると、芝居がかったように自分の両腕を胸元で交差したニールスが、自分自身を抱きしめるように背中を丸めた。

「『ああ、いつも優しいあの人。皇妃様とわかってても募る恋。禁断の恋！　この想いは叶わないけれど、それでもあの人に笑顔を向けられるだけで、僕は……！』っていう、かわいそうな青少年を生み出さないためにも、今度の菓子プレゼント会の時はもうちょ～っと愛想悪くしましょうね」

「その前に今のなんですか⁉」

ニールスにこんな一面があったなんてとびっくりする。誰の真似をしたのかはわからないが、マイペースな彼の意外とノリのいい一面がツボにはまった。

人には本当に様々な〝一面《かお》〟があるらしい。

「おもしろかったのでもう一回やってください！」

「え～、どうっすかなぁ」

「お願いします。ね？」

「あっ、皇妃様こそ、そのあざとい仕草はなんですか～。もしかして俺をたらし込もうとしてます？　な～んて」

頭上に疑問符を浮かべる。

顎を引いて上目で相手を見つめながら、ちょっと首を傾けただけの仕草なのだが。

「もしかして、あまりやらない方がいい仕草だったんでしょうか？」

「おおう……マジか、無自覚かぁ」

「えっ。頭抱えるほどですか⁉」

ニールスの反応にショックを受けていたら、突然目の前が真っ暗になった。目元を覆われる感触がして、遅れて誰かに目隠しされたせいだと把握する。

抵抗する間もなく膝裏に手を差し込まれ、横に抱きかかえられて視界が開けると、もう目の前にニールスはいなくなっていた。そのままどこかへと連れ去られていく。

なぜこんな状況に陥っているのかがわからなくて、叫び声すらあげられない。

遠くからジェイスの「暴走だけはしないでくださいよ！」という声だけがしっかりと耳に届き、そこでようやく先ほど彼が消えた答えに辿り着く。

見上げた視線の先、フードの下から覗くのは――。

ジェイスは、ディランを呼びに行っていたのだ。

（陛下……？）


なぜかディランに連れ去られたユファテスは、その途中で不思議な〝声〟を聞いた。

〈ユファテスは俺の妻だぞ〉〈いつのまに他の男《ニールス》と意気投合していたんだ〉〈ジェイスの言う通り距離が近すぎる〉〈なんだあの会話は〉

混乱と怒りと焦りの混ざったような声だったけれど、ユファテスもその声に混乱した。

自分を連れ去っているのがディランだというのは、まだいい。理由は後で聞くとして、不審者でないとわかった時点で恐怖は消えた。

しかし、ユファテスの耳ではなく、頭に直接響いてきた〝声〟はなんだ。まるで動物たちと話す際に聞こえてくるものと同じ性質の声ではないか。

（どういうことです？　陛下は人間ですよ。なのに……）

密着する彼の身体から、ふわりと彼の匂いがした。正確には彼のつけている香水の香りだ。森の奥にいるようなすっきりとした香り。

そこに、いつもとは違う香りが混ざっている。ほんの少しだけれど、野性的な香りが。

（まさか、呪いが進んでいるせいで？）

その考えに至った時、彼も目的地に辿り着いたようで、扉を乱暴に開けて中へと入っていく。

そのまま隣の寝室へ向かうと、広いベッドの上にユファテスを下ろした。

身体が離れると〝声〟も聞こえづらくなる。

「楽しそうだったな」

「え？」

下ろしてもらえたのに、なぜか両手で閉じ込めるように覆い被さられ、結局身動きは取れない。

「なぜ夫の俺が君と気まずい状態なのに、他の男が君と笑い合ってるんだ？」

「あの、ちょっと待ってください。いったん落ち着いて――」

「落ち着かなくさせてるのは君だろ⁉」

真上から怒声が落ちてきて、思わずビクッとしてしまう。黒いフードのせいで彼の表情がよく見えない。

そこで気付いた。彼は今、外に出られないほど姿が変わってしまっている。それでも外に出た。いくらフードを被って隠していたとはいえ、バレる危険を冒したのだ。

その理由を聞かない限り、彼を宥めることはできないと直感的に思う。

「離縁は絶対にしない」

のしかかるように抱きしめられる。捕獲された獲物になった気分だった。逃がさないという絶対的な意思が腕の強さから伝わってくる。

すると、またユファテスの脳内に〝声〟が響いた。

〈絶対に渡さない〉〈呪いが理由ならまだいい〉〈だが、他の男が理由になるのは絶対に許さない〉〈ユファテスは俺のだ〉〈俺のなんだ！〉

流れてくる言葉のすべてに苛立ちが含まれている。出会ったばかりの頃のディランとは大違いで、明らかに獣化の呪いの影響だと察せられる。

彼は言っていた。呪いが進めば進むほど、本能の制御が難しくなっていると。どうしても攻撃的になってしまうと。

（陛下は口ではなにも仰ってない、ですよね。じゃあやっぱりこの声も、呪いで獣化が進んで、本物の狼になりつつあるから）

少しでも離れると聞こえなくなるのは、まだ彼が完全に獣化したわけではないからだろう。

それでも、聞こえなかった〝声〟が聞こえてくるようになったほど、呪いは進行しているということだ。

「ユファテス……！」

「あっ」

首筋に小さな痛みが走る。それから湿った感触が何度も肌の上を這う。無意識に逃れようと身を捩った。

「へ、陛下っ」

下を見やれば、ディランがユファテスの鎖骨に唇を寄せていた。

「なっ、ななな に、なにっ、してるんですか⁉」

「決まっている。俺のものだってマーキングを――」

「マ……⁉　ちょ、やめっ。い、いい加減にっ、正気に戻ってください‼」

「――っ⁉」

渾身の力で彼の頬を挟むように両手で叩くと、彼が反射的に目を瞑った。

恐る恐るといった様子で開いていく瞼から、ゆっくりと金色の瞳が顕れる。そこに、先ほどは消えていた理知的な光が戻っていて、ユファテスは心の底から安堵した。

「お願いです、陛下っ。呪いになんか負けないでくださいっ」

「ユ、ユファテス⁉　泣いてっ？」

雷にでも打たれたようにふらりと身を起こしたディランが、顔を真っ青にしながらベッドを下りた。そのまま頽《くずお》れるように床に座り込むと、膝の上で強く拳を握る。

「す、すまない……本当に申し訳ないっ。ジェイスからニールスの話を聞いて。君を他の男に奪われると思ったら、カッとなって頭が真っ白に」

必死に謝る彼の顔からは、完全に血の気が引いていた。

今マントとフードを剥ぎ取れば、おそらく力なく項垂れた尻尾と耳を見ることができそうだ。それくらいの落ち込みようである。

ユファテスもベッドから足だけ下ろすと、ディランがびくりと肩を跳ねさせる。まるで断罪を言い渡される直前の罪人のようだ。

「あの、陛下。大丈夫ですから、顔を上げてください」

「いや、さすがに」

「呪いのせいだってわかってますから。でももう落ち着いたみたいでよかったです」

悪いのは呪いなのだから、彼が気にする必要はないという意味を込めて微笑んでみせた。

なのにディランはまだ俯いていて、ユファテスを見ようとしない。

それが、なんとなく寂しいと感じた時。

「すまない。一概に、呪いだけのせいとは、言えない、かもしれない」

「え？」

「ニールスとは、どういう関係なんだ」

なぜここでニールスとの関係について訊ねられるのかと、ユファテスは首を傾げる。

けれどどこの場面でされる質問なのだ。きっとディランにとっては意味のあるものなのだろうと解釈し、口を開いた。

「彼にはお菓子の作り方を教わっていました。プロの料理人ですから、基礎はもちろん、私の知らないお菓子とかも知っていて、色々と助言をもらっていたんです。なので強いて言うなら、お菓子作りの師匠でしょうか？」

ここでやっと彼が視線を合わせてくれた。

「師匠？　その、好きとかではなく？」

「好きか嫌いかなら、好きですよ。快くキッチンの空いたスペースを使わせてくれますし、私なんかにも親切にしてくれますので」

「……つまり、人として好きということか？」

「はい」

と答えて一拍の後《のち》、ユファテスはディランの言う「好き」がどういう意味か気付いた。

「あっ、えっと、恋愛的な意味でしたら、違います。好きじゃないです！　というより、そういう意味の『好き』は、私、よくわからなくて」

「わからない？」

ついつい正直に白状してしまって、後から己の軽率さを悔やむ。昔、流れで似たような話になった時、妹に散々馬鹿にされたのだ。

しかしディランが妹のように揶揄ってくる気配はなく、彼の瞳は真剣そのものだった。

それに背中を押されて、また無言で続きを促されているような気もして、ユファテスは続きを答えた。

「私、両親も政略結婚で、魔力なしだから友人もできなくて、だからその、身近に〝恋〟というものがなかったんです」

誰も教えてはくれなかった。唯一身近だったきょうだいたちは、何人も恋人がいるような状態だったので、妹に馬鹿にされる前まではそういうのが恋なのだと思い込んでいたくらいだ。

だから。

「お恥ずかしながら、どういう心情を『好き』というのか、よく知らないんです。人として好きだと思う気持ちとは違うんだろうなって、なんとなく理解はできるんですけど、はっきりとは……」

コレットやリズベル、ジェイス、ニールスに向ける気持ちは、たぶん似たようなものである。いい人。優しい。ありがたい。大事にしたい。それが『人として好き』だという感情なのだと、ユファテスは思っている。

ディランに向ける気持ちの中にも、彼らに向けるものと同じものはある。

ただ彼にだけは、それだけじゃない気持ちもある。

正と負の感情が綯い交ぜになった、ぐちゃぐちゃな感情。相反する思いなのに、切り離せない気持ち。

「――って、そんなこと言われてもって感じですよね！　すみません、なんでもないです」

「なんでもなくはないだろ」

ごまかそうとしたのを、ディランが真剣な声音で制してくる。やっぱり彼は馬鹿にしなかった。

「なんでもないんだったら、君はそんな顔はしない」

いったいどんな顔をしているのだろうと、両手で顔を隠した。

「ユファテス、君の隣に行っていいか？」

急なお願いに戸惑いながらも頷けば、ゆっくりと立ち上がった彼が隣に腰かけた。

なんでだろう。なんとなく、緊張する。

「恋愛的な『好き』がどういうものか、君は知りたいか？」

「！　知、りたい、です」

だってそうすれば、彼の言葉を信じられそうな気がするのだ。エルヴィーナに特別な想いなんてないと言った、彼の言葉を。

好きを知って、信じて、信じられたら、自分は――。

（私は、応援、しなくていいですか？）

自分で勝手に決めたことだけれど、今は応援したくない気持ちが日に日に大きくなっている。

こんな自分だから、祖国では独りぼっちだったのかもしれないと悩んだ。お世話になっている人の幸せも願えない、こんな自分だから。

「なら、考えるんだ。いつも君の心の中にいる存在は？　もしいるなら、そいつが君以外の人と結婚するところを想像して。それが嫌だと思うなら、君はきっとそいつが『好き』だよ。相手に幸せになってほしいんじゃない。自分が相手を幸せにしたいと、誰より大切にしたいと思った時、俺は相手を『好き』なんだと気付く」

ふっと、彼が吐息をこぼすように笑った。

「だから、こんなもので周囲を牽制する」

すっと伸びてきた指先が、ユファテスの首筋の一点に触れる。

そのせいで先ほどのことを思い出してしまい、顔に熱が集まった。

「でも、これだけは忘れないでくれ。君がもし『好き』という感情を理解して、その感情を向ける相手を見つけたとしても――君は、俺の妻だ。俺の妃だ」

まるで縋るように、あるいは刷り込むように、彼の手に力が込められる。

「……コレの意味も、一緒に考えてくれると嬉しい」

困ったように表情を崩したこの時の彼が、しばらく頭から離れなくなった。

第六章　冷徹帝に恋をしたら

その後、ディランが呼んだジェイスに連れられて、ユファテスは無事に自室へと戻った。ディランの伝言を預かったジェイスに、その日はもう休むように言われて、ユファテスは図書館に行かなかった。

それからの数週間は、図書館で会っても気まずい空気はなくなっていた。

というより、ディランが気まずくならないよう気を遣ってくれていたのはユファテスにもわかっている。

他愛ない話を振っては和ませてくれたり、ユファテスが必要以上に意識しないよう自然な距離感を保とうとしてくれたりした。

あまりに自然すぎて、ユファテスがそうと気付いたのは昨夜だ。

椅子に躓いて転びそうになったユファテスを彼が抱きとめてくれた後、一瞬の後に離れていった。その時、なんとなく寂しさを覚えたのだ。これまでの彼ならユファテスに怪我がないか確認し、ないと答えるまでは手を離さなかっただろう。

自室のソファでクッションを抱きながら、ユファテスは悶々と考えていた。

（いつも心の中にいて、幸せにしたいと思う人）

あの日からもう何度も繰り返している問いを、今日も頭の中で反芻する。

(いつも心の中にいるってことは、たぶん、いつも考えてしまう人って意味ですよね。それならやっぱり、はっきりしてます。陛下です)

彼が笑った。驚いた。怒った。困っている。意外と表情が変わるな。楽しい。もっと見たい。もっと知りたい。彼の色んな姿を。

(でも、私なんかが幸せにとか、無理です)

だから、幸せになってほしいと願う。自分では彼を幸せにできるイメージが湧かないから。

(これは、恋じゃ、ない？)

結局これまでと同じ思考に辿り着いて、ユファテスは肩を落とした。

自分に恋はまだ早かったようだ。

「コレット。お散歩に行ってきてもいいですか？」

気分転換でもしようと、ソファから立ち上がった。


「あ！　こんにちは～、妃殿下」

「今日も散歩ですか？　季節外れの風邪が流行ってるみたいなんで、気を付けてくださいね～」

厩舎に向かう途中のサウスガーデンで、庭師とその弟子のふたりに声をかけられる。

「ありがとうございます。おふたりも気を付けてくださいね」

これくらい気安く話してもらえるようになったのは、知り合ってから随分経った頃だ。

最初はユファテス自身もこれまでの経験から遠慮がちに挨拶をする程度で、彼らも『皇妃』を相手に畏まっていた。

けれど、彼らがサウスガーデンについて頭を悩ませているところに偶然鉢合わせた時、ユファテスがなにげなくこぼしたひと言をきっかけに、だんだんと打ち解けていったのだ。

ユファテスはただ、青々とした生け垣ばかりで飽きるわねという貴婦人たちの会話を聞いてしまい落ち込んでいた彼らに、では生け垣の囲いの中に花を植えてはどうですか、と浮かんだ案をそのまま口にしただけである。

本当はその時、ユファテスは失敗したと思ったのだ。余計な口出しをしてしまったと。祖国ではそれを煙たがられていたので、ここでも同じ反応が返ってくるのを想像して身構えた。

が、現実は想像とまったく違っていた。

そこからなにか着想を得たらしいふたりは、以来、ユファテスを見かけると遠くからでも手を振ってくれるようになった。

この国では、そうして〝自分〟を見てもらえる。

魔力がないからといって最初から拒絶されることはない。

それがユファテスにとってどれだけ困惑することで、同じくらい嬉しいことなのか、きっとこの国の人には伝わらないのだろう。

それは悪い意味ではなく、それくらい彼らにとっては当然で、取り立てていい行いをしたという自覚がないだけだ。そんなこの国が、ユファテスにとってはとても居心地がよかった。

それをまとめているのがディランなのだと思うと、彼への尊敬の念がますます募って、いても立ってもいられないような衝動に駆られる。

「だから困ってます。感情が溢れそうで」

〈……それ、ワタシにする相談じゃないと思うんだけど？〉

「だってひとりでは抱えきれないんですもん！」

厩舎に辿り着いたユファテスの目的は、前に虫が耳に入って暴走したところを助けた馬のエリーに会うことだ。

ここに務めている厩役とも今では顔なじみなので、ユファテスが来るとなにも言わなくてもエリーのところへ案内してくれるようになった。

そうしてふたりきり――といっても周りには他の馬もいる――にしてくれて、気兼ねなく友だちとのおしゃべりに興じられるのだ。

お供のコレットも慣れたもので、厩舎の入り口で静かに控えてくれている。

「どんどん陛下への気持ちが大きくなって、抱えるのが辛くなってきたんです。胸がこう、きゅうって痛いんです」

〈アナタ、そういうのは同じ人間に相談なさいな〉

〈とか言って、ユファテスが来ると嬉しいくせに。エリーは素直じゃないよなぁ〉

ふたりの話を聞いていた隣の馬《こ》が、ニヤニヤと突っ込んでくる。

〈ちょっと、余計なこと言わないでくれる？　蹴られたいの？〉

周りの馬たちも〈ちょっかいかけるなよ〉とエリーを援護した。

ユファテスにとって、なにかあれば相談する相手はいつも動物たちだ。人に相談なんてしたことはないし、した時の反応が怖いのでエリーの助言は聞けそうにない。

「私もエリーやみんなに会うの、楽しいですよ。落ち着きます」

〈ディランと話すのは、落ち着かないのかしら？〉

「……そう、ですね。落ち着かない時もあります」

まっすぐな瞳で見つめられた時とか。距離がとにかく近い時とか。

そういう時は、無性に逃げたいような気持ちになる。それでも、彼に身を委ねたくなるような思いも少しはあって……。

「この気持ちが、『好き』だったらよかったのに」

と、口からこぼして数秒後。

「今、私、なんて言いました？」

〈『この気持ちが好きだったらよかったのに』って言ったわね〉

「やっぱりですか⁉　え⁉」

無意識に出た言葉に自分が一番驚いた。

〈答え出てるじゃない〉

「で、でも、そんな」

〈好きだったらよかったのにって思うのは、もう好きだからじゃないの？〉

「でも、幸せになってほしいって、思ってて」

〈なにそれ？〉

エリーにディランの話をなるべく正確に伝えてみたら、ふんっと荒い息を吐き出された。

〈前々から思ってたけど、アナタ自分に自信がなさすぎよ！〉

まさかのお説教にショックを受ける。

しかも他の馬たちもエリーに同調し出すものだから、肩身がとっても狭い。

〈アナタの国の『友だち』は教えてくれなかったの？　アナタの力のこと〉

「私の、力？」

〈アナタ、なんで自分がワタシたちと話せるか考えたことないの？〉

言われて初めて、ないことに気が付いた。動物たちと話せるのはユファテスにとって標準装備で、その理由を特に深く考えたことはない。

けれど、祖国の友だちに〈他の人間には内緒にするように〉とは言われていたので、それだけは不思議だった。

まあ、実際には話せる友人なんていなかったので、あってないような約束だったが。

〈……そうね、あまりいい扱いを受けてなかったようだから、その判断も正しいと言えば正しいのかしら〉

〈ユファテス、キミがボクらと話せるのは、実はすごいことなんだよ〉

「すごいんですか？　でも、どうすごいんでしょう？」

〈だってキミは――〉

その時、話を遮るようにエリーが鳴いた。

〈それより、今はディランのことじゃないの〉

「あっ、そうでした。どこまで話してましたっけ」

〈自信なさすぎ〉

「そう、それです」

〈幸せにできないから、幸せになってほしいって言ったわ〉

「確かにそんなようなことを言いました」

〈でもね、ディランが言ったのは『幸せにしたい』かでしょ。『できる』と『したい』じゃ全然違うわ。そんなこと、馬のワタシでもわかるわよ〉

まるで盲点をつかれたようにハッとする。エリーの言葉を内心で復唱した。

〈で、アナタは誰を幸せにしたいの？〉

〈ちなみにボクは、エリーを幸せにしたいな〉

〈あっ、オマエ抜け駆けはずるいぞ！〉

〈ちょっと外野は黙っててくれる⁉〉

わいわいと馬たちが騒ぎ出したからか、入り口付近にいたコレットが心配そうに覗き込んできた。

〈ほら！　アナタたちのせいで他の人間が来ちゃうじゃない！〉

〈ごめんよ、エリー〉

ユファテスはコレットに微笑み返して、言外に大丈夫だと伝える。しかしこれ以上の長居は難しそうだ。

エリーに小声で「また来ます」と短く告げた。

〈ユファテス〉

コレットのもとに戻ろうとしたユファテスを、エリーが最後に呼び止める。

〈アナタがこのタイミングでこの国に来たのは、きっとそういう運命だったのかもしれないわ。でもね、アナタが責任を感じることはないの。自分の好きなようになさいね〉

〈エリー？〉

〈その選択がどんな結果を招くとしても、ワタシたちは、アナタの味方よ〉

それはどういう意味だろうと訊ねる前に、訝しんだコレットに名前を呼ばれる。

後ろ髪を引かれる思いで、ユファテスはその場を後にした。

部屋に戻ったユファテスとコレットだったが、戻って早々、メイドがコレットになにか耳打ちした。

そしてメイドからの報告を、コレットがユファテスに伝えてくれる。なんでも、しばらくリズベルが休むらしい。

コレット曰く、最近皇宮内では風邪が流行っており、リズベルも罹患してしまったとか。そういえば庭師も風邪が流行っていると言っていたので、一部だけではなく、皇宮全体で流行っているのだろう。

コレットは大丈夫か確認するユファテスに、自分は昔から風邪を引かない体質だと彼女が教えてくれる。

その時ジェイスも話に加わってきて、兵士の中にも病人が出始めていて困っていると聞く。中には一小隊が全滅の危機に陥りそうなところもあるらしい。

よって、コレットとジェイスのふたりから注意されたのは、この流行が収まるまではなるべく部屋を出ないようにということだった。

ユファテスも心配させたいわけじゃないので、それには素直に頷く。ただ夜なら人もいないというのと、ひと言もなしに図書館通いを止めるのは気が引けるので、今までのようにディランがいるであろう図書館にはこっそりと足を運んだ。

この頃には、館内の目ぼしい文献をあらかた読み漁ってしまい、手詰まりを感じていた。

ディランは禁書庫にも入り、呪いに関する記述を必死に探している。

そしてユファテスは別のアプローチがないかと、広い図書館の中を無駄に散策するようになっていた。

今夜もディランはすでに禁書庫にいるのか、館内には見当たらない。

禁書庫は皇族と限られた者しか入れないので、お飾りの身で入るのをためらったユファテスは昨夜の続きの場所から散策を開始した。

そこでやはり気になったのは、魔法関連書が陳列されているコーナーだ。

呪いの元凶は闇魔法使いである。ゆえにこのコーナーに並んでいる本はひと通りさらってはいるけれど、もう一度、今度はじっくりと読み込んでみようかという気になったのだ。

（確か、タイトルだけ見て関係ないと思ったものが、いくつかありましたよね）

それらを引き抜いていく。

少し高い位置にある目当てのものも、背伸びをすればいけそうな気がして手を伸ばした。

（あとちょっとで、届き、そう、なのにっ）

「これか？」

その時、背後から急にディランが現れ、びっくりしたユファテスは上を向いたまま固まる。

今はフードもマントも着ていない彼なので、男らしく出っ張っている喉仏がよく見えた。

「ユファテス？」

彼が下を向く。至近距離で目が合って、心臓が大きく跳ねた。

「顔が赤いな。まさか君もどこかで風邪をもらったか？」

彼の体温が背中に伝わってくる。それほど近い距離だった。

そっと前髪を横に流され、顕わになった額に彼の大きな手のひらが当てられる。

「熱はなさそうだが……。体調は？」

これほど近いのは、彼の寝室に連行された時以来だ。芋づる式にその時のことを思い出してしまい、じんわりと身体の芯が熱くなってくる。

心配そうに名前を呼ぶ彼の唇に目がいってしまう。艶やかな唇。薄く開いた口からは、呪いのせいで伸びた犬歯がちらついている。

鋭く尖ったそれを、怖いとは思わない。

それよりも、どうしても考えてしまうのは、あの唇が自分の肌をなぞった時の感覚だ。

これは思い出してはいけなかったと後悔する。鼓動が全身を叩いて痛い。発火しそうなほどの熱が顔に集中して、ふらりと体勢を崩した。

「ユファテス⁉　大丈夫か。やはり今日は休め。尋常じゃないくらい顔が真っ赤だぞ」

「ちがっ……これはちょっと、思い出しただけでして」

「思い出した？　なにを？」

答えようと口を開きかけて、でもこれを答えるのは結構恥ずかしいのでは？と思い直したユファテスは口を閉ざした。

彼に支えられながら体勢を戻すと、彼の香水の匂いに混ざって古い紙の匂いを嗅ぎ取る。

「失礼しました。もう大丈夫です、ありがとうございます」

「本当に？　手伝ってくれるのはありがたいが、無理をさせたいわけじゃない」

「本当です。それより、やっぱり禁書庫に行ってらしたんですね。どうでしたか？」

ディランはユファテスが持っていた本をいくつか引き取ると、共に机のある場所まで運んでくれた。机上に置いた本のタイトルを見ながら、彼が残念そうに答える。

「いくつか呪いに関する記述は見つけたが、解呪についてずばりと書かれたものはなかった。これだけ探しているのにな……。まったく、最近じゃ御伽噺の王子が羨ましくなってきたよ」

「御伽噺の？」

「ああ。君はあまり絵本や小説は読まないんだったか」

いつかの雑談で話したことを、ディランは覚えていてくれたようだ。

その通りだったので小さく首肯する。

「俺も絵本はだいぶ昔に読んだきりだが、なんだったかな、タイトルは忘れたけど、王子が自分を救ってくれた姫と結婚する話があったんだ」

過ぎた日に思いを馳せるように、彼が遠い目をする。

「あの頃はまだ兄弟仲もよかったから、兄上が俺に読んでくれたんだ。『こうして王子様は、優しい姫と共にいつまでも幸せに暮らしましたとさ』で終わる物語。こういうのは途中で問題が起きようが、大団円が約束されていてな。自分の惚れた相手と絶対にハッピーエンドを迎えられる王子が、今は無性に羨ましく感じるってだけの話だよ」

彼が投げやりに言う。確かに今の彼にとって、ハッピーエンドが確実な状況はどんなに高価な宝石よりも価値があるのだろう。

（惚れた相手との、ハッピーエンド）

慈悲深く微笑むエルヴィーナが脳裏に浮かんだ。エルヴィーナの美しさと功績を見れば、彼女こそ『お姫様』に相応しそうだ。

実際にふたりが並んだ姿は、御伽噺の王子と姫にも負けないくらいお似合いなのだろう。

（いつまでも、幸せに暮らしましたとさ、か。幸せ……私が、幸せに、したい人）

昼間にエリーに言われたことを思い出す。

幸せにできるかどうかではなく、幸せにしたい人は誰なのかと投げかけられた。

（幸せに、したい……）

ジッとディランを見つめる。彼はユファテスの選んだ本をぱらぱらとめくっていた。呪いで生えた尻尾はだらんと垂れて、耳もリラックスしている。

こんな状態でも公務を疎かにせず、ユファテスを巻き込まないために突き放そうとした優しい人。

そんな彼を、自分は――。

(幸せに、したい)

ハッと我に返り、勢いよくしゃがみ込んで顔を隠した。

「ユファテス？　どうした、やっぱり気分が……」

「い、いえっ、本当に、本当に大丈夫です！」

体調はまったく問題ない。すこぶる元気だ。問題があるとすれば、自分の心臓だろう。今日はもうずっと不整脈に襲われている。

(もしかして、も、もしかして……！　これが、やっぱり)

今にも叫び出したい気分だ。感情がぐるぐると体内を暴れ回っている。嬉しいのか恥ずかしいのか苦しいのか辛いのか泣きたいのか、もうよくわからない。

でも、ただひとつ。

ひとつだけ確かなのは、彼へ抱く様々な感情がひとつの名前に集束した瞬間、あんなに溢れそうでどうすればいいかわからず困っていた気持ちが、さあっと晴れた気がした。

「ユファテス」

「っは、はい！」

名前を呼ばれて反射的に応えてしまう。

「本当に大丈夫なら顔を見せてくれ。そんなところに座ってないで、ほら、こっちに来い」

「む、無理です！」

これも脊髄反射だった。心なしかディランが傷ついたような顔をする。それがいたたまれなくて、ユファテスはおずおずと彼のそばに寄った。近くの椅子を引いてちょこんと座る。

そんなユファテスを見て、彼がホッとしたように笑った。

「か、解呪探し、しますよね？」

「ああ、そうだな」

彼も隣の椅子に腰を下ろす。

変な緊張感をごまかすため、ユファテスは早口で訊ねた。

「そういえば、闇魔法使いから攻めると言っていた件はどうなりました？　進展はありましたか？」

ディランは表情を引きしめ直すと、厳しい顔で首を横に振った。

「闇魔法使い自体がそれこそ御伽噺のような存在だからな。はっきり言って難航している。ただ、それもあって節操なく集めた情報の中に、真偽は措いておくとしても、気になるものは見つけた」

曰く、闇魔法使いは、悪魔と契約して力を行使するらしい。一般的な魔法使いとは使う力の種類が異なり、身体のどこかに悪魔との契約印が刻まれているとか。他にも、闇だから光に弱いだったり、実は魔王の手下であったり。

「最後のはそれこそ物語の世界みたいですね」

「おそらく本当にそうなんだと思う。たまにあるだろう？　夢と現実の記憶が混ざってしまうような時が。古い記憶ほどそういう現象は起こりやすい。だから、これもそういった類いだろうとは思っている」

ただ、とディランは続けて。

「闇魔法使いに関する報告を聞いていると、なにかと悪魔が登場するんだ。無視できないくらいにな。もし本当に悪魔がいて、悪魔と契約することで力を使い、身体のどこかにその証があるというのなら、必ず見つけられる」

「そうですね。全員に裸になってもらえば一目瞭然ですもんね！」

「ははっ。さすがに世界中の人間を裸にはできないが……そうだな、もうちょっと範囲が狭まればいけるかな。まあ、その的を絞るよりも、呪いが完全に成就する方が早い気がするのが辛いところだが」

諦念の滲む横顔を見て、なんとか慰める言葉を贈ろうとしたけれど、なにを言っても彼の心を救えないような気がして目を伏せる。

だから、ぽつりとこぼした言葉は、言おうと思ってこぼしたものではない。

「せめて、呪いの進行を止められたら……」

するとディランが眦を下げながら「ありがとう」と言ってくれた。

一番辛いだろう彼に気を遣わせてしまったことに遅れて気付いて、ユファテスは自分の失態に唇を噛む。

誰よりもその〝せめて〟を願っているのは彼なのだ。

けれど、呪いは着々と彼の身体を蝕んでいて、現実を知らしめてくる。まるで悪足掻きを嘲笑うように――と思って、ユファテスはふと違和感を覚えた。

（あれ、そういえば今日は、匂いがしないですね？）

こんなに近くにいるのにだ。

彼の香水の香りは、今日もしっかりと漂っているのに。

ついでに言えば、彼が先ほどまでこもっていた禁書庫の埃っぽい匂いも、微かに混ざっているのに。

（前に嗅いだ、野性的な匂いがしない、ですね？）

なんでもっと早く気付かなかったのだろう。彼がさっき本を取ってくれた時も、思い返せば匂いはしなかった。

一刻も早く確信を得たくて、ユファテスはディランの胸元に飛び込んだ。

「っ……ユ、ユファテスっ？」

「やっぱり、しません」

「ちょっ、と待て。いきなりなにをっ」

「匂いがしません、陛下！」

「匂い⁉」

顔を赤くした彼に両肩を掴まれ、べりっと身体を離される。

「いいかユファテス、よくわからないが簡単に男に抱きつくな。前に言ったのをもう忘れたのか？　まさか俺以外にもやってないだろうな？」

慌てる彼を珍しいと思いながら見つめていた時、ユファテスはもうひとつのことを思い出した。

（そういえば〝声〟も聞こえないですね⁉）

思い立ったが吉日である。ディランの隙をついて再び抱きついてみた。

「へ、陛下っ、声も聞こえませんよ！」

「だからなんなんだ、さっきから！」

やはり引き剥がされて大人しく従ったユファテスの耳に、力のない「勘弁してくれ」という声が届く。

片手で自分の顔を覆う彼は、心底参ったような様子だった。

「陛下、大丈夫ですか？　陛下の方が顔が赤いですけど」

「おかげさまでな」

なぜか声色に怒りが乗っていたのは気のせいだと思っておこう。ちょっと怖い。

「で？　今の奇行を説明してくれるんだよな？　俺はなぜ二度も抱きつかれたんだ」

「なんかすみません。確認のためだったんですけど、そこまで嫌がられるとは思わなくて……もうしません」

「あー、いや、別に嫌だったわけじゃなくて、単に驚いただけだ。だからそんなに落ち込まないでくれ」

言われて初めて自覚する。自分がそんな顔をしているらしいということを。

なのに、落ち込んだ気分は彼が『嫌だったわけじゃなくて』と否定してくれた次の瞬間には浮上していた。

恋はすごい。そして恐ろしい。

恋心を自覚した今、以前にも増して彼の一挙一動に、些細な言葉に、こんなにも簡単に振り回される。

ユファテスは切り替えるために自分の両頬を叩いた。

「失礼しました。ちゃんと理由を説明します」

振り回されて、優先すべきことを見誤るわけにはいかない。

ユファテスはまず匂いについて説明すると、彼が確かめるように自分の腕を鼻先に持っていった。

しかし自分では嗅ぎ取れなかったのか、香水の香りもわからないという。

次に〝声〟について説明しようと思ったけれど、これはどこから説明すべきか悩んだ。

おそらくすべてを打ち明けなければ納得してもらえないのは理解しているが、そもそも信じてもらえるかが不安だった。動物《みんな》には口止めもされている。

でもディランなら、という思いもあった。これは一種の期待なのかもしれない。

それに、自分の秘密と彼の命を比べたら、当然彼の命に天秤は傾く。これが呪いを解く鍵になるのなら、ためらう理由なんてない。

ユファテスは覚悟を決めるようにお腹に力を入れた。

「もうひとつの〝声〟のことは、これを話す前に、まず私の話をさせていただいてもいいですか？」

「もちろんだ。聞かせてくれ」

ユファテスは自分が動物と話せることを簡潔に伝え、それが物心つく前からのことで、特に魔法でもなんでもないことを補足した。

そもそも四属性の魔法の中に『動物と話せるようになる』魔法なんて存在しない。

「……そうか。以前ジェイスから『まるで動物と話しているみたい』だとは聞いていたが、まさか本当に話していたとはな」

恐る恐る彼の顔色を窺うと、意外にもそこには柔らかい空気が流れていた。嫌悪や嘲笑といった類いのものは一切なく、ユファテスはぽかんと彼を見つめる。

「ユファテス？　どうした、続きがあるんじゃないのか」

「あっ、はい。えっと、だからですね、祖国では動物たちが私の友だちだったんです。彼らがいたから、私はどんなに辛い状況も頑張ってこれました。その彼らに『力のことは言わないように』と注意されていたのでお伝えしてませんでしたけど、実は、ある時陛下の〝声〟が聞こえてきまして」

「俺の？　それはつまり、今話しているようなこういう声とは違うと思っていいんだな？」

「そうですね、喩《たと》えるなら、心の声でしょうか」

それがいつ聞こえてきたのか、どんな〝声〟だったのか、ユファテスは正直に明かした。

すると、どんな〝声〟が聞こえてきたのかを説明している途中で、ディランからストップがかかる。

「合っている。君を渡さないと思ったのも、俺のだと思ったのも、確かにあの時、頭に血は上っていたが、そんなようなことを思っていたのは覚えている。覚えているから、その部分は飛ばして続きを話してくれないか」

「？　は、はい」

彼が大袈裟に嘆息した。大丈夫だろうか。もし聞いてはいけない内容だったなら、不可抗力とはいえ申し訳なくなる。

ユファテスがディランの妻であるのは間違いなく、だから彼のものであることも、妻を渡さないと思うことも、夫が抱く感情としてはおかしなものではない。

それは仮面夫婦だとしても当てはまることで、結婚した以上、ユファテスは自分をディランのものだと認識している。

よって聞いてはいけない内容だったとは考えもせず、素直に教えたのだが。

（本当は聞いちゃいけなかったんでしょうか）

またもや失敗したと、ユファテスもため息をこぼした。

とりあえず続きを話さなければと思い直し、慎重に続ける。

「本来私は、人の〝声〟というものを聞いたことがありませんでした。〝声〟は頭の中に直接響いてくるんです。耳で聞く音とは全然違います。なので、陛下の〝声〟が聞こえてきたのは、それだけ獣化が進んでいるせいだと仮説を立てました」

彼が同意するように相槌を打つ。

「といっても、完全な獣化には至っていないからか、陛下に限りなく近付かないと〝声〟は聞こえなかったんです」

そう言った時、ディランの方からホッとした空気が伝わってきた。

「なのに、先ほど失礼した時は、まったく聞こえてこなかったんです」

「要するに、匂いといい、その〝声〟といい、獣化の進行が止まっている可能性があるというわけか？　――いや、感じられた匂いが消えて、聞こえた〝声〟が聞こえなくなったというのなら、呪いが緩和されている？」

「私もそうなんじゃないかと」

ディランが顎に手を当てて難しい顔をする。

彼の思考の邪魔をしないよう、ユファテスは持ってきた本に視線を落とした。『魔法の起源を辿る』、『なぜ魔法は四属性しかないのか？』、『魔法理論』、『魔法の進化と衰退』。

他にも魔法に関連するものばかり持ってきたが、ぱらぱらと確認した目次に闇魔法に関する文字はない。

闇か、と開いていた本を閉じた。

「闇があるなら、光もありそうなものですけど……」

魔法の四属性だって、密接な関わりを持つものだ。火は風を助け、風は水を助け、水は土を助け、土は火を助ける。火と水は対極であり、風と土は対極である。

そうやって個々に独立したものではなく、相互に関わり合って存在している。

闇と光もそうだ。一見すると対極関係にあるふたつだけれど、光があるから闇は生まれ、闇があるから光は輝く。

「――それだ！」

いきなりディランに肩を掴まれて、ユファテスはぎょっとした。

「君は最高だな、ユファテス！　君の話を聞いていなければ一蹴していたが、希望が見えてきたぞ」

「え、じゃあもしかして、光魔法があるんですか？」

「いや、ない」

あれ⁉と思わず叫びそうになった。

そんなユファテスを見て彼が吹き出す。揶揄われたのかと思ったけれど、自分を見つめる彼の瞳が存外優しげだったので、なんだか照れてしまった。

しかも頭まで撫でられて、戸惑いと羞恥心で落ち着かなくなる。

人はこんなにも速く、大きく、鼓動を打ち鳴らしてもいいものなのだろうか。病気を疑うレベルで動悸が恐ろしいことになっていた。

「あ、あの、陛下っ。いつまで頭を撫でてらっしゃるんですかっ」

「ああ、すまない。かわいくて、つい」

「かひゃ……⁉」

驚きすぎて舌を噛んでしまった。

本気で心臓が胸を突き破りそうな危機を感じたユファテスは、ディランの手を無心で掴むと、無理やり彼の膝の上にのせて、「それで！」と話題を変えた。

「光魔法がないなら、陛下はなにを思いつかれたんですか⁉」

「ああ、そうだった。光魔法はないが、闇魔法と同じかそれ以上に珍しい〝聖力《せいりき》〟という力があるのを思い出したんだ」

「聖力？　魔法ではないんですか？」

「いわゆる四属性魔法とは違う。名前のせいで混同しそうになるが、よく考えれば、闇魔法だって四属性魔法とは違う力のようだしな」

そういえばそんなようなことを先ほど彼が教えてくれたのを思い出す。

「では、聖力というのはどんな力なんですか？」

「俺も詳しくはないが、聖力は神から授かる力だとされている。四属性魔法の源である魔力は妖精から、闇魔法の妖力は悪魔から、そして聖力は神から、ということになるか。聖力保持者は、国にひとりでもいれば繁栄をもたらしたらしい」

ちょっと待ってろ、と言ってディランが立ち上がると、彼は禁書庫の方へと消えていく。

やがて戻ってきた彼の手元には、二冊の分厚い本があった。その背表紙に書かれた文字にユファテスは目を丸くする。

「『神の降臨と聖女の誕生』？」

「読めるのか⁉　この文字がっ？」

「陛下こそ、読めるんですか？　その文字を」

互いに驚愕の瞳で見つめ合う。

その本は二冊とも、アルデニスタ帝国やソリアス王国を含む周辺国一帯で使われている母語――トラン語とは違う言語で書かれている。

そしてユファテスは、その文字を祖国の友だちに教えてもらった。

「でもそれ、私とみんなだけ――さっき話した友だちのことなんですけど――の間で使える文字だと思ってたので、まさかちゃんとした言語だったとは思いもしませんでした」

「待ってくれ……情報量が多すぎる」

ディランが額を押さえた。

「動物が？　文字を？　教えた？　古語だぞ、これは」

「へぇ、古語だったんですね、これ！」

新たな発見に喜ぶユファテスとは対照的に、なぜかディランは疲れたように机に肘を置いた。

「君はいったい何者なんだ、ユファテス」

「えっ。えーと、魔力なしの第四王女……は、もう違いますね。魔力なしのお飾り皇妃？　でしょうか」

自虐でもなんでもなく本気でそう思って答えると、ディランがハッとしてこちらを振り向いてくる。

「いや、すまない。確かに結婚式でなにもしなくていいと言ったが、あれはそういう意味で言ったんじゃない」

「え？」

「前にも言ったように、俺の呪いが解けなかった場合を考えての措置だ。いつか離縁するかもしれないのに、皇妃の面倒事だけ背負わせるわけにもいかないだろ？　だからあれは、自由にしていいという意味で言った。お飾りという意味じゃない」

　とくん、と胸が鳴る。必死な金色の瞳の中に、揺れる自分が映っていた。

（ああ、どうしよう）

　その言葉が嬉しい。彼は自分をお飾りとは思っていなかった。そんな彼がやっぱり好きだ。けれど、同時に思う。

　出会った頃の彼は正しかった。中途半端な関わりは互いに傷つく羽目になると判断し、自分を悪役に仕立て上げて冷たい結婚式を演出した彼は、きっと先見の明を持っている。

　現にユファテスは、本当は優しいディランを好きになり、彼と離れたくないと思うようになってしまっている。

　でももし呪いが解けなければ、彼はきっとユファテスのために離縁するのだろう。たとえユファテスが、それを望んでいなくても。

　そうなった時、ユファテスの心は間違いなく激痛に苛まれるはずだ。彼の危惧した『中途半端』の悲劇を身に受けることになる。

（私は、馬鹿です）

それでも、こんな自分が誰かを愛せると知れた。

愛することができる人間なのだと、彼が教えてくれた。

だから――。

「聞いてくれ、ユファテス」

たとえ、万が一、彼の呪いが解けなかったとしても。

「今はまだ、君に言えないことがある。けど」

たとえ、彼の呪いが解けて、もしエルヴィーナを選ぶのだとしても。

「呪いが解けたら必ず言う。君に、伝えたい話があるんだ」

どんな結末になるとしても、腹を括ろう。最後まで彼の力になろう。自分なんかと己を卑下してきたユファテスを、手放しで褒めてくれたこの人のために。

お飾りじゃないと言ってくれた、この人のために。

（陛下が私を嫌いになるまでは、そばにいさせてくださいね）

これまで虐げられていたせいで諦め癖がついていたユファテスに、初めて諦めたくないものができた瞬間だった。

第七章　冷徹帝に反論してみたら

聖力についてディランから教えてもらった夜は、その後もふたりで意見を交わし合った。ディランの考えでは、ユファテスの持つ聖力がどうにか作用して、呪いの進行を和らげてくれたのではないか、というのだ。

それに対してユファテスは、自分が聖力なんてすごい力を持っているとは思えないと反論した。

しかしディランは、ユファテスが動物と話せる能力を持っていることが根拠だと言う。

「過去、いくつかの国で聖力を持つ者が確認されている。そのうちのひとつがこのアルデニスタ帝国だ。当時の皇帝は、その者の功績を顕彰し〝聖女〟という称号を与えた。それが我が国の〝聖女〟の始まりだ。初代聖女は歴代で一番力が強く、瑠璃色《ラピスラズリ》の瞳が美しい女性だったらしい。だが聖力はとても珍しいから、当然その後は必ずしも聖力を持つ者が現れるとは限らなかった。そこで、聖力の持ち主が見つからない時は、心優しく民のために尽力してくれた初代を称えて、彼女のように美しい心根を持ち、民のために献身的な功績を残した者を聖女として任命するようになったんだ。そうして聖女の地位を空席にしないことで、民の心の安定を図ってきた」

「そのお話、少しだけジェイスに聞きました。じゃあ〝本物の聖女〟というのは、聖力の持ち主のことなんですね。そういえば、エルヴィーナ様はその〝本物〟かもしれないと囁かれているんですよね?」

「ああ。彼女はトレオール戦線で、危険を顧みずに多くの兵士の傷を癒やした。彼女が手を当てたところは明らかに傷の治りが早かったという報告を受けている」

ただ、と彼は付け加えて。

「彼女が本物の聖女だと確定されない理由もあって、ひとつは彼女が傷を完全に治せるわけではないこと、もうひとつは本物の聖女たちに備わっていたという〝声なき者の声を聞く力〟を彼女が持っていないことだ」

「声なき者の声ですか? 声のない者の、声……」

「そう。今思ったんだが、たとえば動物もそれに当てはまるんじゃないか?」

そう言われた時、心臓がドキッと跳ねた。

まさか、とユファテスは考えるより先に首を横に振る。

「私は違いますよ。そんなすごい力は持ってません。ただみんなの声が聞こえるだけです」

「いいや、それは十分稀有で、すごい力だよ。俺には聞こえない」

「で、でもそんなの、嘘かもしれませんよ。って言いながら思ったんですけど、そもそも、なんで陛下は私の話を本気で信じてくれるんですか?」

あまりにも普通に会話が進んでいくので、その疑問を持つ暇もなかったが、よく考えるとおかしな話ではある。

今さらではあるけれど、すんなりとユファテスの言葉を信じてくれる彼を不思議に思う。

「理由なんてひとつだ。君は人を揶揄うために嘘をつける人間じゃない。断言できる」

ぐっと心臓を鷲掴みにされたような感覚に陥る。

そう言い切る自信はどこから来ているのだろう。

「というのは少しカッコつけたが、君は俺の心を実際に読んでいるだろ？　信じる根拠はそれで十分すぎると思わないか？」

「……そういえばそうでした」

それで、とディランは話を戻すと、とんでもない仮説を立て始めた。

「君は初代聖女と同じ〝声〟を聞くことができる。あとは〝癒やしの力〟を持っていれば完璧だ。そう考えると、もしかして君は癒やしの力も持っていて、だから呪いの進行を和らげたのも君なんじゃないかと推測できそうだ」

「いやいやいや！」

「とすると、君のお菓子に秘密がありそうだが」

「ないないないです！」

なにを根拠にそう思うのか訊ねてみると、彼がふっと微笑んだ。

「君のお菓子を食べると不思議と気力が湧いてくるんだ。一向に進展のない状況に苛つくことも、自己嫌悪に陥ることもあった。なのに君のお菓子を食べると、そんな気持ちが軽くなる」

「それは単に、甘いものの効果では？」

「いや、これまでだって甘いものを食べずに生きてきたわけじゃないんだ。俺は君のお菓子にだけ、そう感じた」

「そう言われましても……。私はただ、本当に趣味で作っていただけですので」

「たとえばなにか特別なものを入れているとか？」

「いえ。ニールスに確認してもらえばわかると思いますが、特別なものはなにも入れてません」

「……ニールス、ね」

途端、彼の声が翳りを帯びる。

「陛下？」

「いや、今はやめておく。話を戻そう。じゃあ、作る時になにか特別なことをしているとか？」

「それも特に。みんなに喜んでもらえたらいいなって、考えるくらいで」

喜んでか、と彼が小さく繰り返す。

どうやら本気で検証する気のようなので、一応、ユファテスも過去を遡ってみた。が、過去のどの場面を切り取っても、ただお菓子を作っただけである。

そして作る以上は喜んでほしくて、みんなが甘いものを食べて元気になってくれたらいいなとか、甘いものを食べて幸せを感じてくれたらいいなとか、そんなことを考えながら作った記憶だけが蘇る。

ありのままを話してみたところ、ディランはそれでなにかヒントを得たらしい。

「明日、確かめたいことがある。悪いがジェイスと共に俺の部屋に来てくれるか？」

もちろんと頷いて、ふたりは解散した。


翌日、約束通りジェイスと一緒にディランの部屋を訪れたユファテスは、ここに来たのはこれが二回目だなと、なんとはなしに考えた。

そうして一回目がどういう状況だったのかも連鎖的に思い出してしまい、ひとり顔を赤くする。あの時は、ディランに無理やり連れてこられて、隣の寝室に直行されたのだ。そこで受けた数々の甘い仕打ちは、時間の経った今でもユファテスの心を落ち着かなくさせる。

「ふたりとも急だったのにすまないな。ユファテスは昨夜話したから大丈夫だと思うが、ジェイスに呼び出した理由を話そう」

そう前置きして、ディランが昨日の仮説を披露した。

ジェイスがディランの学友であり、戦友であり、親友でもあるとは、すでに聞いて知っている。今日は、ユファテスの護衛としてではなく、秘密を共有する仲間としての参加であるため、ジェイスは隣り合って座るユファテスとディランの向かい側に腰かけている。

ディランの部屋は書斎のようにシンプルかつ機能性重視の部屋のようで、置いてある家具もユファテスの部屋と比べればだいぶ少ない。

自室なら寛ぐためにあるはずのテーブルとソファだって、まるで会議室に置かれる応接用のそれと変わらないように見えるのは、ユファテスだけではないだろう。

「――なるほど。陛下のお考えはわかりました。なかなか突拍子もない話ですけど、私は妃殿下が馬と話しているところを何度も遠目に見てますから、むしろ納得の方が強いです」

「そうなのか？」

「いや、すごいんですよ。前にも話しましたけど、本当に話が通じているようにしか見えないんです。厩役も、どんなに機嫌の悪かった馬も妃殿下と話すと最後には機嫌が直ってるって言うもんですから、実は本当に話してるんじゃないかとふたりで密かに考察してたくらいです」

ジェイスが苦笑した。それに、と続けて。

「確かに私も、妃殿下のお菓子には元気をもらってましたしね。同僚も同じです。今じゃ兵士たちの妃殿下人気は凄まじいものですよ。特にほら、たまに食堂でデザートを配ってくれるじゃないですか。あの日だけは兵士たちの食堂利用率が上がるんです。そして私はスパイのごとく、妃殿下が入られる日はいつかと訊ねられます」

「ちょっと待て」

ジェイスの話に驚いていたユファテスだったが、話を止めたディランに視線を移した瞬間、ない。


彼の顔の険しさに肩をびくつかせた。

「聞いてないぞ、そんな話」

「言ってないですから」

　あはは、と笑うジェイスは結構大物ではないだろうか。ディランに睨まれても全然怯んでいない。

「いや〜、だって言ったら面倒なことになるのはわかりきってますからね。それで妃殿下の配膳を中止されても困りますし。たぶん兵士たちからクレームが入りますよ」

「おまえら全員、誰の妻だと思ってるんだ？」

「自業自得ですね！　陛下が呪われず、ちゃんと結婚式らしい式を挙げて、仲睦まじい姿を見せていればまだよかったのに、一般的には夫婦仲最悪説が流れてますからね。ま、当然ですけど！」

　ジェイスから容赦ない言葉の刃が飛んできて、ディランの瞳からついに生気が抜ける。

「しかもおもしろいのが、兵士たちの中には陛下から妃殿下を守ろうなんて声もあるんですよ」

「え⁉　じょ、冗談ですよねっ？」

「いやいや、奴らは本気です。なにせ『俺たちの聖女様』なんて崇めてるくらいですから」

　初めて聞いたそれに、ユファテスは脳の処理が追いつかず疑問符を大量に浮かべた。

　ひとつひとつの言葉の意味はわかるのだが、話の流れ的にユファテスを『聖女』と呼んでいるように聞こえたのが謎だった。

「えっと、聖女はエルヴィーナ様ですよ？」

「ははっ。それはあいつらもわかってますよ。ただそういうのではなく、単に妃殿下が聖女のように優しくて癒やされる存在だって話です。ほら、『私のヒーロー』みたいなものですよ。まるで英雄のように自分を助けてくれる存在をそう言う人がいるでしょう？　そんな感じです」

ユファテスは納得したような、していないような、微妙な顔で小首を傾げる。自分に縁がなかっただけで、世間一般的にはそういうものなのだろうかと内心で唸った。

「ふざけるな。なにが『俺たちの聖女様』だ。もう一度言うが、ユファテスは〝俺の〟妻だぞ」

ディランが苛立たしげに腕を組む。

それを宥めるようにジェイスが「まあまあ」と眉尻を下げた。

「仕方ないですよ。だって陛下、冷徹帝で知られてるじゃないですか。そのせいで『あんな恐ろしい人に妃殿下が敵うわけない』、『妃殿下の笑顔は俺たちが守る！』みたいな感じになってるんですよ。おもしろいですよね」

いや、ユファテスはまったくおもしろくないけれど。気持ちはありがたいが、ユファテス自身はディランを本気で怖いと思っていないし、なにより皇帝に背けば彼らの方の立場が危うくなる。自分のために誰かが犠牲になるのはさすがに嫌だ。

「ジェイス、そいつらの名前控えておけよ。呪いが解けたらたっぷりと礼をしてやる」

ディランの目が据わっている。

ユファテスは慌てて止めに入った。

「陛下、あの、皆さん本当に親切な方なんです。私なんかにも優しくしてくれて、気さくで、ですからっ――」

その時、ディランの指先がユファテスの唇に触れた。

戸惑いながら彼を見上げると、その表情にも戸惑う。なぜ彼がそんな顔をするのだろうと言葉を失う。

怒っているような、寂しそうな、あるいは悲しそうな顔。

「ユファテス、ずっと気になっていたんだが、君はよく自分のことを『私なんか』と言うな」

「え、そうでした？」

自覚がないので覚えていないけれど、彼が言うならたぶんそうなのだろう。

「すみません。不快に思われたなら……」

「違う。不快は不快だが、それは君にではなく、君をそうさせた人間に対してだ。――ひとつ、俺と約束をしようか」

「はい、なんですか？」

「これからは『私なんか』と口にしないこと。思うのも禁止だ。君は自信を持っていいほど素敵な人だよ。といっても、いきなり自信を持てと言われて持てるような性格でもなさそうだから、簡単なところから始めよう。まずはそうやって、意識から変えていくんだ」

「意識……素敵……？」

呆然と呟く。

素敵というのは、ユファテスのことを言っているのだろうか。まさかそんな、と思うけれど、文脈を読めないほど理解力が乏しいわけではない。

だからこれは、彼の言葉を理解できていても、単純に信じられないだけなのだ。

そんなユファテスを見透かしたように、彼がもう一度刻み込むように言う。

「ああ、素敵だよ。俺は君ほど人として好ましいと思える人に出会ったことはない。前にも言ったが――いや、そうか。君には一度言っただけじゃ足りなかったのか」

なら、とディランがにっこりと笑って。

「君が自信を持てる手伝いを俺もしよう。君についてなら本心で褒められるから、いくらでも褒め言葉が出てくるぞ。優しい。明るい。笑うとかわいい。笑ってなくてもかわいい。冷静な判断ができてすごい。知識も豊富だ。人を噂で判断しないところが好ましい。努力家でもあるな。誰かのために頑張れるところも君の長所だ」

「ぅあ、あのっ、ちょっと……っ」

「捻くれてもおかしくない環境で育っただろうに、君の心は純粋なままだ。素直で、前向きで、人を信じられる強い心も持っている。あと、君の口から誰かの悪口や恨みを聞いたことがない。

ただまあ、たまには弱音を吐いてほしいけどな。溜め込むのは心の健康によくないし、俺にはどんどん甘えてくれていい。その時はどろどろに甘やかそう。それで君が他の男では物足りなく感じてくれたら上々だ。そうやって俺だけに頼る君が見た――って、ユファテス⁉　なんで顔から煙がっ……これ沸騰してないか⁉　しっかりしろ、ユファテス！」

「ぁ……うぅ……」

「うわぁ、俺なに見せられてんだろ。コントかな？」

ジェイスが乾いた笑みを浮かべる前で、ディランに両肩を揺さぶられる。が、魂《いしき》は遠くに行ってしまってなかなか自分の中に戻ってこない。

数々の褒め言葉だけでも慣れなくて羞恥心に殺されそうだったのに、トドメの威力がすごすぎた。甘えていいなんて、弱音を吐いてもいいなんて、今まで誰も言ってくれなかった。

その逆しか言われてこなかった人生だったので、色んな許容量がオーバーした。

「あの、約束、守るので、許してください……」

息も絶え絶えになりながら懇願すれば、ディランがなにを許せばいいのかわからないといった様子で首を傾げた。

とりあえず、彼の甘い口撃が止まったのは助かった。

「話が逸れたな。とにかく、俺が今日ここにジェイスも呼んだのは、ユファテスの作る菓子について確認したかったからだ」

「なるほど。で、確認できました？」

「ああ。食べた者全員に共通して『元気が出る』という感想が出てくるなら、俺の仮説は間違ってない可能性が高い」

「つまり、妃殿下が聖力の持ち主である、と」

「おまえはどう思う？」

「可能性はあるかと」

男ふたりでどんどん進んでいく会話に、ユファテスが割り込める隙はない。

今でも自分にそんな大層な力があるとは思わないのに、とても反論できる空気ではない。

それに、彼らからの期待値が上がるほど、心の中には不安の霧が広がっていく。

親にもきょうだいにも国民にも期待されずに生きてきた。おそらくそのせいで、期待されるのを怖く感じている。

――だってもし、その期待に応えられなかったら？

こんなに期待させておいて、実は聖力でもなんでもなかったら。

たとえ聖力だったとして、呪いを解くにまでは至らなかったら。

（がっかり、させちゃうんでしょうか）

それが怖いのだと思う。ディランにがっかりされたくなくて。

ただ、霧の中に差し込むひと筋の光も、確かにユファテスの中にはある。

――もしかして、自分が彼を呪いから解放できるかもしれない？

自分の中にある、不安と期待。

天秤に乗ったそれが、ゆらゆらと揺れている。どちらに傾くかで迷っている。

（でも私、決めたんです。陛下の役に立ちたいって。決めたでしょう、私！）

ぱんっと自分の両頬を叩いた。天秤が『期待』に傾く。

まだ意見を出し合っていたディランとジェイスが、すっくと立ち上がったユファテスを驚きの目で追ってくる。

「私、たぶん、手っ取り早く自分の力を知る方法、知ってます」

今度は彼らがふたり揃って目を瞬いた。

「だから行きましょう、エリーのところへ！」

きっと彼女なら――彼女だけじゃない、ユファテスと話せるみんななら、なにか知っている気がするから。

以前、ユファテスがディランに向ける気持ちに悩んで相談しに行った時、話の中で一頭の馬がなにかを言いかけた。

――〝ユファテス、キミがボクらと話せるのは、実はすごいことなんだよ。だってキミは〟

その続きが気になる。

その時はなにも思わなかったけれど、その続きが実は重要だったのではないかと、今はそう思えて仕方ない。

これまでは自分のことなんて興味も湧かなかったが、自分を知ることがディランの助けになるというのなら、知っておきたい。

ユファテスの勢いに呑まれたふたりが頷くと、さっそく三人は厩舎に向かった。


呪いの進行が和らいだとはいえ、ディランにはまだ耳も尻尾も生えている。

黒いマントとフードで全身を覆った状態で、ジェイスが厩舎の人払いをした後、一緒にエリーのもとを訪ねた。

いつもは入り口のところで待っていてもらったのに、今日は他にも人がいる。そんな状況で動物たちと話すのはほぼ初めてで、いつもとは違う緊張が身体を包んでいた。

それを察したのか、エリーの方から話しかけてくれる。

〈ねぇ、ユファテス。アナタにとってディランは、どういう人？　信頼できる？〉

「！　できます」

馬と見つめ合ったと思ったら途端に頷き出したユファテスを、しかしディランもジェイスも静かに見守ってくれている。

〈そう。なら大丈夫かしら〉

あーあ、と彼女が大きく鼻から息を吐いた。

他の馬たちも緊張を解いたように鼻を震わせたり、鳴き声をあげたりしている。

厩舎にいる馬が一斉にそんな様子を見せるものだから、さすがのディランたちも面食らっていた。

〈ワタシ、心配だったのよ。ユファテスが自分の力を知ることで、周りの人間がそれを利用するんじゃないかって。きっと、だからアナタの祖国のお友だちも内緒にしてたんだろうってね〉

〈だから前にボクが口を滑らせそうになった時、エリーは止めたんだよ〉

〈アナタ自身が知らなければ、無理やりアナタから情報を取ろうとしてもできないでしょ？

そう、たとえば、闇魔法でもね〉

「闇魔法のこと、知ってるんですか？」

エリーの言葉に息を呑んだのはユファテスだけではない。隣にいるディランたちも同じ反応をした。

〈知ってるわ。だってここにも、悪魔の匂いがするもの〉

「え!? えっ、待ってください、エリー、それ本当ですか!?」

「どうした、ユファテス」

「あの、悪魔の……悪魔の匂いがするって、エリーが」

そうして彼女が語る内容を、ユファテスがディランたちにもわかるよう繰り返した。

「『この皇宮で悪魔の匂いがする。アナタからするのと同じ匂いよ、ディラン。アナタはその悪魔の力を借りた闇魔法使いに呪われているわ。とっても執着の強い悪魔ね、ご愁傷様。本当はこの子を巻き込みたくなかったのに、この子がアナタに惚れ』――あっ、待って、それはダメですっ」

「？　どうしたんだ、ユファテス」

「す、すみません。続けます。えーと、『この子と一緒にここに来たということは、ある程度この子の持つ力に見当がついてるんでしょ？　たぶんそれで合ってるわ。この子の持つ力は、聖力よ』」

エリーの言葉を復唱しながら、内心で動揺する。本当に聖力だった。みんなと話せるのは、神様がくれた力のおかげだったのだ。

（私、知らないうちに神様に救ってもらってたんですね）

震える心を宥めるように胸元を押さえる。

ユファテスは祖国で独りぼっちだったけれど、本当の意味では独りではなかった。友だちがいた。それが聖力のおかげだったのだと知り、今まで以上に神の存在を近くに感じる。

「『ユファテスは神に愛されし娘。神の愛娘。我らが創造主は、この子の不幸を望んでいないわ。この国がこの子にとって〝悪〟と見なされれば、神の定める新たな運命によってこの子はアナタのもとから簡単にいなくなるでしょう』」

「なんだって？」

「『実際、ユファテスは祖国を出たわ。慈悲深い神を怒らせたのよ、あの国は』」

気合を入れないとまともに通訳もできないくらい、ユファテスにとっても信じられない事実が発覚していく。

もしエリーの言う通りなら、ユファテスがこの国に嫁いできたのは偶然ではなかった。神による必然だったというわけか。

「『神は見ておられるわ。アナタがその呪いに打ち勝てるかどうかを。アナタにユファテスを任せてもいいのかどうかを』」

そこでエリーの声が止まったので、ユファテスの口も自然と止まる。

なぜか隣から凄まじい熱気のようなものを感じた。

恐る恐る視線を横にやると、ディランが怒りの炎を燃やしながら笑っていた。でも目は笑っていない。

「へぇ？　神というのは思ったよりも挑発的なんだな。傲慢で、勝手で、相変わらず俺の大切なものを奪っていく。まったく気が合う気がしない」

「陛下、気持ちはわかりますけど、喧嘩を売るのは呪いを解いてからの方がいいと思いますよ」

そもそも喧嘩を売らない方がいいのでは、と思ったのはユファテスだけだろうか。

フォローしようと思ったけれど、エリーが続きを話し出したので通訳に集中する。

『ちなみに言っておくと』――え⁉　そうなんですか⁉」

しかしすぐに衝撃の事実が頭の中に響いてきて、つい反応してしまった。

悔しげに唇を噛むユファテスを、焦れたディランが請うように見つめてくる。

「エリーはなんて？」

「そ、それが……聖力では、呪いは解けないって」

「だが、実際に俺の呪いは解けかかっている」

「……『それは解けているわけじゃなくて、ただ聖力によって抑えられているだけよ。この子は聖力の使い方なんて知らないけど、この子の祈りがお菓子に宿り、それを食べた人間がこの子の祈りの通りになっただけ。癒やしの力も完璧ではないの。呪いを解く方法は――』」

三人の息を呑む音が重なった。どうやらエリーは呪いを解く方法を知っているようだ。

たっぷりと間を取った後、エリーが淡々と明かす。

「『――呪いをかけた闇魔法使いを殺すか、その闇魔法使いの設定した解呪条件を達成するか。ふたつにひとつよ』……らしい、です」

その瞬間、張り詰めていた空気を吐き出すようにディランとジェイスが嘆息した。

ユファテスも足に力を入れていなければ膝をついていたかもしれない。

つまり、呪いを解くには、闇魔法使いを必ず見つけなければならないというわけだ。

「いや、ありがとうユファテス、そしてエリー。解呪方法がわかっただけでもだいぶ進展した」

「ですが、やっぱり私、なにもお役に立てなくて……」

ディランが慰めるように頭を撫でてくる。

「そんなことはない。この件で君ほどの功労者はいないぞ」

「そうですよ、妃殿下。これまではとりあえず闇魔法使いを探すかって感じだったのが、今はなにがなんでも探し出してやるって、目的を一本に絞れたのはかなり大きいですからね」

「それに、悪魔の匂いが皇宮内でするというなら、闇魔法使いは皇宮内にいるということだ。範囲もはっきりして、かつ確証があるおかげで、呪いについてなにも知らない人員も適当な理由で動かしやすくなった」

ジェイスが「そうそう」と何度か頷いた。

「ってわけで、どういう理由にします？」

「今流行ってる風邪、あれを闇魔法使いのせいにするか。現になかなか病人が回復しないらしいし、信憑性は出そうだ」

「いいですね。そういえばあれ、どんな薬も効かないって医官室の連中が嘆いてましたよ」

「なに？　そんな報告は上がってきていないが」

「陛下が怖くて隠してるみたいですね。私も今朝知り合いに聞いたんで。それと、神殿が動いているそうです」

「神殿が？　まさか怪我だけでなく、病も治せるのか」

「みたいですよ。聖女様が名乗りを上げてくれたらしく、試してみたら回復した者がいるそうです。おかげで今後、ますます神殿が出しゃばってきますよ」

ディランが苦虫を噛み潰したような顔をする。

とにかく第三師団の空いている中隊を投入させろとか、医官室と薬師室の室長を呼び出せとか、ふたりが色々と話している横でエリーが鼻を寄せてきたので、ユファテスはそっちに意識を向けた。

〈ユファテス。その風邪、気を付けて〉

「？　大丈夫ですよ。私、こう見えても健康には自信があります」

〈そうじゃないわ。ここの厩役のひとりが変なモノを憑けてたのよ。その翌日から彼は風邪で仕事を休んでるわ。あながち、本当にただの風邪じゃないかもしれないわよ〉

「えっ」

それはどういう意味なのかと思う一方で、それも闇魔法使いが関わっているのかと推測する。

最悪の場合を考えるとして、もし本当に闇魔法使いの仕業なのだとしたら、ユファテスにはわからないことがひとつだけあった。

（闇魔法使いの目的って、なんなんでしょう？）

ディランを呪い、皇宮で風邪を流行らせる、その狙いは。

（単純に考えれば、アルデニスタ帝国の弱体化とかでしょうけど……それにしては回りくどい

やり方のような気がします）

だったら最初から皇宮内の人間を全員呪ってしまえばいい。

それに、弱体化や滅亡を目論んでいるのなら、風邪なんて中途半端なことをするだろうか。

もっと恐ろしい病にすれば、ずっと簡単に全滅させられるのではないだろうか。

（闇魔法も聖力と同じで、無敵の力ってわけじゃないのかもしれませんね）

とりあえずエリーの忠告をディランにも伝えて、ユファテスたちは建物の中へ戻っていった。

ディランの命令を受けたジェイスがユファテスを送ってくれようとしたけれど、ユファテス自身が断る。彼らはすぐにでも動くような会話をしていたので、邪魔したくないと思ったからだ。

渋るディランを説得し、ジェイスを彼に返すと、ユファテスは早歩きで自分の部屋を目指した。

手仕事をしていたコレットが、ユファテスの帰還に椅子から立ち上がった直後、ユファテスは彼女の両手を包み込むように握った。

「お願いがあります、コレット。お菓子作りを手伝ってもらえませんか」

「？　それは構いませんが」

「ありがとうございます！　じゃあさっそく行きましょう」

ディランも、ジェイスも、みんな自分のやれることを考えて動いている。

だからユファテスも考えた。自分にできることを。幸いにして、ディランからは『自由にしていい』という訂正の言葉ももらっている。

闇魔法使いだかなんだか知らないが、ユファテスを受け入れてくれたここの人たちを狙う敵に、ユファテスは静かに怒っていた。

風邪についてはまだ闇魔法使いの仕業だと確定したわけではない。でも、ユファテスの勘はそうだと言っている。

キッチンへ向かう途中、ユファテスはコレットに色々質問した。

ユファテスが作ったお菓子を誰が食べていて、食べた人の中に今流行っている風邪の症状が出た人はいるのか。わかる範囲で構わないから教えてほしいと頼んだユファテスに、優秀な侍女は淀みなく回答をくれる。

「私が把握しているのは侍女やメイドたちのみですが、妃殿下の差し入れを食べた者の中で症状が出ている者はおりません。食べていない者の中にも風邪を引いていない者はおりますが、風邪を引いた者は皆、食べていない者です」

「そうですか」

仮説が確信に近いものに変わる。

後でディランにも伝えようと決めながら、勇ましくキッチンの扉を開けた。ユファテスの姿を認めたニールスがやってきて、どうしたんすかと訊ねられる。

「事前に連絡もしないですみません。いつもみたいに端っこを借りてもいいですか？」

「それはいいですけど、なにかありました？　皇妃様、いつもと雰囲気が違いますよ」

一拍の間を置いてから、ユファテスは自分の両頰を引っ張った。

「ちょ、皇妃様っ？」

「ふみまひぇん」

続いて気分を変えるように頰を叩くと、へらりと笑う。

「ダメですね、私。こんな怖い気持ちで作っちゃ、皆さんに失礼ですよね」

「？　あの、よくわかんないっすけど、今はいつもの皇妃様です」

「ふふ。じゃあよかったです！」

どうやら闇魔法使いへの怒りが自然と表に出てしまっていたらしい。そんな気持ちのまま作ったお菓子では、みんなを癒やすどころか風邪を悪化させてしまうかもしれない。

ニールスのおかげで気持ちを入れ替えたユファテスは、材料を台の上に揃えると、いつも通り食べてくれる人を思って作り始めた。

今日は数が多いので、コレットにも手伝ってもらう。

これを差し入れるのは、風邪に苦しむ人たちにだ。そのためさっぱりとしたゼリーにした。

（今の私に、できること）

自分に聖力があるというのは、実感がなくてまだ半信半疑なところはあるけれど。

でも、自分が今すべきなのは、それについて悩むことではない。

エリーを信じて、自分の持つ力は聖力なのだと信じて、みんなの病を癒やす。それが今の自分にできることで、やるべきことなのだ。


翌日、コレットの同僚にお願いして、完成した差し入れのゼリーを病人に配ってもらう手配をしたユファテスは、リズベルを見舞った。

実はすでに一度だけ彼女の見舞いに来たことはあるのだが、その時は部屋に入れてもらえなかったのだ。

強めに拒絶されたので、あまり病人を興奮させるわけにもいかないと思い、以来、リズベルに与えられているこの部屋に来ることはなかった。

けれど、自分の作ったお菓子が病に効くかもしれない可能性があるのなら、今日はなんとしてでも部屋に入れてもらうつもりである。

(これまで差し入れしてたお菓子、コレットが言うには、リズベルは絶対に食べなかったっていう話ですからね。たぶん私が作ったのが気に食わないんだと思うんですけど、こればかりは食べてもらわないと)

リズベルが自分を嫌っているのは知っている。彼女はエルヴィーナに心酔していて、エルヴィーナとディランの恋を応援しているから。

そしてユファテスは、最初ディランのことをなんとも思っていなかったから、一緒に応援しようと思っていた。邪魔をしないでおこうと決めていた。

でも、今は違う。

ユファテスも好きになってしまった。ディランを。政略結婚した夫のことを。

ディランが今、誰を想っているのかは知らない。そもそも想う相手がいない可能性もある。

それでも、もうユファテスは応援なんてできない。ディランとエルヴィーナが相思相愛だったとしても、応援は、できない。ユファテスがディランのもとを去るのは、彼から離縁を言い渡された時だけだ。

それまではそばにいると決めたから、リズベルにはもっと嫌われていくのだろう。

（でもそれとこれは、違うと思うんです）

部屋の扉をノックする。誰何《すいか》する声が中から聞こえてきたので、正直に名前を告げた。

「お引き取りくださーい」

やはりリズベルは入れてくれない。持ってきたゼリーを誰かに渡してもらえるよう託したところで、彼女はきっと食べてくれないだろう。

扉越しに咳が聞こえてくる。

「リズベル、お願いします。薬を持ってきたんです」

「ユファテス様が？　医官の仕事でしょ、それ」

「ええっと、病人が多くて、医官の方も手が回ってないようで、その代わりです」

内心で顔も知らない医官に謝る。

実際に医官室は多忙を極めているようだが、病人への対応を疎かにするような真似はしない。中に入れてもらうためとはいえ、彼らに申し訳ない嘘をついてしまった。

「リズベル、どうしてもダメですか?」

「ダメって言ってるじゃない！　私知ってるんですからね。ユファテス様、邪魔しないって言っておきながら本当はエルヴィーナ様の邪魔をしてるって！　そんな人にっ……――ごほっ、ごほっごほっごほっ」

「リズベル!?」

「入ったらなにがなんでもうつしてやりますから！」

それは、思わずドアノブに手を伸ばしたユファテスを見透かすような言葉だった。

しかしその脅し文句は逆効果だ。なぜなら。

（なんだ、それなら別に構わないので、入っても大丈夫ですかね?）

風邪をうつされることには嫌悪も抵抗もないユファテスである。

そもそも自分に自信のないユファテスが、唯一誇れるところは健康な身体だ。簡単にはうつらない自信もある。実際、昔きょうだいが流行病を患った時も、わざとユファテスにうつそうとした弟妹の思惑は外れてピンピンしていたくらいだ。

雪の降る寒い日に氷水を浴びせられた時だって、風邪のひとつも引かなかった。これには氷水をかけてきた姉の方がドン引きしていたのを思い出す。

「わかりました。うつしていいので、入りますね」

そう宣言してドアノブを持つ手に力を入れたのと、中から怒声が聞こえてきたのと、一緒に来てくれたコレットがユファテスの手を止めたのは、ほぼ同時だった。

コレットが首を横に振る。前回も似たような展開になり、結局見舞うのを諦めた。

でも今日はリズベルの体調を回復できるかもしれないアイテムが手の中にある。ここで簡単に引き下がってもいいのかと足踏みした。

その時、鈴を振るような声が廊下に響いた。

「こんにちは、ユファテス様。そんなところでどうされましたか？」

「エルヴィーナ様」

振り返ると、なぜか若干息を乱しているエルヴィーナと彼女の侍女がいた。首を傾げる。ここまで走ってきたのだろうか。侍女からは相変わらず厳しい眼差しを向けられたので、すっと視線を横に逃がした。

一方、エルヴィーナは出会った頃からずっと変わらない微笑みを浮かべていて、それが逆にユファテスの心を苦しくさせる。

原因はわかっている。なにも変わらない彼女に対して、変わってしまった自分に罪悪感を抱いているからだ。だからこんな風に良心が痛む。

そこでふと思った。

（そういえば、エルヴィーナ様の様子から勝手に陛下を好きなんだと思ってましたけど、エルヴィーナ様ご本人の口からは聞いてないですね。実際のところはどうなんでしょう……？）

噂だけでなく、ふたりの雰囲気から相思相愛だと感じたユファテスだったが、ディランには真っ向から否定されている。となると、急に自分の感覚に自信がなくなってきた。

「ユファテス様？」

「あっ、すみません。えっと、ここには侍女のお見舞いに来てまして」

「中に入らないのですか？」

「あ、はは……」

入れてもらえないんです、とは言えなかった。

「それより、エルヴィーナ様はどうしたんですか？」

話題を変えるように質問する。

ここは、皇宮に住み込みで働く者たちの宿舎である。

上級貴族令嬢であり、侍女という高い地位に就いているリズベルの部屋は、使用人たちの中でも広く上質な部屋とはいえ、聖女が用もなく寄るような場所ではないはずだ。

自分と同じようにリズベルのお見舞いにでも来たのだろうかと思ったけれど、それにしてはエルヴィーナも彼女の侍女も手ぶらで、ユファテスは自分の推理をすぐに否定した。必ずしも見舞い品を持ってこなければならない風習は帝国にはないものの、なんとなく、聖女のエルヴィーナなら持ってくるようなイメージがあったのだ。

しかし。

「実は私もリズベルを見舞いに来たのです。彼女は私の大切な友人ですから」

勝手なイメージで決めつけてしまったことを、内心で申し訳なく思う。

「そうなんですね。リズベルもよくエルヴィーナ様の話をしてくれるんですけど、仲がよくて羨ましいです」

私は嫌われているので、という自虐はなんとか飲み込んだ。こういう意識から変えていこうとディランと約束したばかりである。

それに、ひとつ閃いたことがあった。

「エルヴィーナ様、折り入ってお願いがあるんですけど……」

小首を傾げるエルヴィーナに、ユファテスは籠の中に入れて持ってきたゼリーを見せる。

闇魔法使いの件は話せないので、薬効のあるゼリーだと説明して、リズベルに食べるよう促してもらえないかと頼み込む。

ユファテスや他の誰かでは無理そうだが、エルヴィーナの言うことなら素直に受け取ってくれるのではないかと思いついたからだ。

「どうにかお願いできませんか？　お礼は必ずしますから」

「……わかりましたわ。では、リズベルには私から渡しておきますね」

「ありがとうございます、エルヴィーナ様！」

代わりに、とエルヴィーナが微笑む。

「この後、お時間ありますか？　以前お誘いした時はディラン様がいらしたので、結局お食事できませんでしたでしょう？　リベンジさせていただきたいのです」

ドク、と脈が不自然に跳ねた。一瞬だけ息が止まる。

前はディランを「陛下」と呼んでいたはずのエルヴィーナが、今、彼を名前で呼んだ。

「も、もちろんです！　お誘いいただけて、嬉しい、です」

以前は誰かと一緒に食事できることを喜んだ。誰かに食事に誘ってもらえたのが素直に嬉しかった。

けれど今、それを素直に喜べない自分がいる。

相手からは同じ話をされているはずなのに、自分を取り巻く状況や心情が変わるだけで、こんなにも違う反応を返してしまう。

それが心苦しい。相手ではなく、変わってしまったのが自分だからこそ、罪悪感が腹の底に溜まっていく。

「では、リズベルを見舞った後に迎えを行かせますので、少々お待ちになっていてください」

「はい。それではまた後で。よろしくお願いします」

最後、きちんと笑えていたか気がかりだった。


エルヴィーナからの遣いに案内されたのは、神殿に隣接する『神々の庭』と呼ばれる庭園を望めるテラスだった。

隣接といっても、そこは神殿関係者のみしか立ち入れない場所らしい。

神話に出てくる神々の像が至るところに設置されていて、厳かな雰囲気に包まれている。

白の丸テーブルの向かい側に、この庭園が誰よりも似合う女性が座って紅茶を飲んでいる。

彼女は所作まで美しく、まるで太陽の光を一身に浴びているかのように神々しい。

誰かとテーブルを囲むこと自体が不慣れなユファテスにとって、そんな相手とのお茶会は難易度が高すぎた。カップを持つ手が緊張で震えてしまい、なかなか口元にまで運べない。

「ゼリーの件ですけれど」

「は、はいっ」

優雅にカップをテーブルに置いたエルヴィーナが言う。

「リズベルは喜んで受け取ってくれましたので、ご安心ください」

「そ、そうですか」

安堵したような、ちょっとショックなような、複雑な心境だ。

「なぜ、リズベルにゼリーを？」

訊ねられたユファテスは、もう紅茶を飲むのを諦めていったんカップをテーブルに置いた。

「風邪を引いた時は、あまり食欲も湧かないと聞いたんです。でもゼリーのようにさっぱりしたものなら食べやすいそうで、これを食べて早く元気になってくれたらなと思いまして」

「ふふ。ユファテス様はお優しいのですね」

「いえ、そんなっ。エルヴィーナ様の方がお優しいかと……」

控えめに笑う姿が眩しすぎて目を細める。

間近で見れば見るほど彼女は美しく、清らかで、触れてはいけないような繊細さが窺える。

ここに兄がいなくて本当によかったと思う。兄はこういう女性を穢すのが好きだとかなんとかよく言っていたから。

(でもきっと、陛下ならそんなお兄様からもエルヴィーナ様を守ってくれそうです)

自分で思って傷つく愚かさに、ため息をこぼした。

(好きって、大変なんですね。向き合わないといけない感情が多すぎます……)

ついつい達観したような目になってしまったところに、エルヴィーナから「そういえば」と別の話題を振られた。

「私、前々からユファテス様に伺いたいことがありましたの」

「なんですか？」

「ユファテス様はディラン様のこと、どう思われているのでしょうか？」

「んえっ⁉」

突然の質問に喉から動揺がそのまま出た。咽《む》せる自分を心配したのか、コレットが黙って背中をさすってくれる。

それに小さくお礼を伝えた時に見た彼女の瞳は、珍しくリズベル以外を睨んでいた。その鋭い視線にエルヴィーナが気付きそうになったので、慌ててエルヴィーナからコレットを隠す。

「し、失礼しました。陛下のことですね。陛下のことは――」

その時なんとなく既視感を覚えて、すぐに「ああリズベルにも同じ質問をされたんでした」と思い返す。

あの時の自分は、なんと答えたのだったか。

（そうだ、『夫です』って答えたんでした。……いや、間違ってはないんですけど）

自分で自分の回答に引く。あの時は至極真面目に答えたつもりだったけれど、今になって思うと、とんだ馬鹿である。そりゃあリズベルが呆れたような表情をするわけだ。彼女が聞きたかった答えはそんなものじゃなかったのだから。

そして今、エルヴィーナが求めているものもそんな回答ではないのだろう。

あの時と違ってそれがわかるのは、ユファテスが〝好き〟という感情を知ったからだ。

「陛下のことは、そうですね、大切な方だと思っています」

好きな人です、とはっきり答えないのは、まだもう少しだけ、この気持ちを自分の中で大切にしていたいから。

表に出して、誰かにこの気持ちを否定されたくなかったから。

「ですから、自分でお役に立てるなら、喜んで力になりたいと思う相手《かた》です」

「そうですか」

エルヴィーナが憂え顔で目を伏せる。

しかし、すぐに意を決したように強く見つめ返してきた。

「ですが、ディラン様はあなたに言えない秘密があるようです。それでも、大切だと言い切れますか？」

「え？」

言えない秘密？と内心で首を捻る。

ややあって、それがなにか勘づいた。もしかして呪いのことだろうかと。

そこで思い出すのは、呪いで姿が変わっているせいで外に出られないはずのディランが、エルヴィーナと会っていたところを目撃してしまった日のことだ。

偶然彼の秘密を知ってしまったユファテスと違い、エルヴィーナはおそらく彼の口から打ち明けられている。

なぜなら、結婚式の翌日にエルヴィーナを訪ねてきたディランは、だいぶ彼女と打ち解けているようだったからだ。それこそ呪いについても相談していそうな親密度だった。

その一方で、今の言葉を踏まえると、エルヴィーナはユファテスが呪いに関して知っていることは知らないようだ。

ディランがなぜそれを伝えていないのかは不明だが、彼が言っていないならここで言うわけにもいかない。

そもそも、ここにはエルヴィーナとユファテス以外の使用人だっている。

ユファテスは少し考えてから口を開いた。

「そうですね、たとえ陛下に言えない秘密があったとして、それで隠し事をされているとしても……やっぱり大切は大切です。それが私の気持ちに影響することはありません」

「それはなぜです？　慕う方に隠し事をされるなんて、多くの方は好ましく思わないでしょう。それを、ユファテス様は許せると仰るのですか？」

なにが聞きたいのだろうと戸惑いながらも、ユファテスは迷わず頷いた。

「確かに隠し事をされるのは寂しいです。でもそれだけで相手への気持ちは変わらないと思います。まあ、私は、ですけど。誰かのために真実を隠す場合もあるのだと、私は教えてもらいましたから」

ディランが呪いについて秘密にしていたのは、もちろん彼自身のためもある。でもそれは国のためでもあり、そして結婚相手《ユファテス》のためでもあった。必要以上に怖がらせないために、彼は悪役を演じて真実を隠した。

　そんな彼を、どうして嫌いになれるだろう。

　エルヴィーナが自嘲するように笑った。

「ユファテス様はすごいですね。私も、そんな風に考えられたらよかったのでしょうか」

「……もしかして、なにか悩み事ですか？」

「ふふ。勘もよろしいのですね」

　その儚げな表情には、同性であるユファテスでさえ見てはいけないものを見てしまったような錯覚を覚える。彼女には人を惹きつけるなにかがあるのだろうと、そんな風に思った。だから、リズベルのように慕う者が多くいるのだ。

「私には、決して想いを叶えられない方がいます。その方はとても高貴な身分をお持ちです。私などでは手の届かないくらいに」

　ユファテスはごくりと喉を鳴らした。

「彼は周囲から恐れられておりますが、周りが思うほど怖い方ではありませんわ。私にはとても優しくて、よく褒めてもくださいます」

　ズキ、ズキ、と胸の奥が疼きだす。

「いつも頑張っているからと、ふたりきりの時は甘やかしてもくださるのです。私はその時間がとても好きなのですけれど、立場上、あまりふたりきりにもなれなくて」

は、と息を吐き出した。なぜかだんだん呼吸がしづらくなっているような気がする。

「どうやらあの方が、私に隠し事をしているらしいと最近になって気付きました。私、それがとても悲しくて。それで、ユファテス様はどうしていらっしゃるか気になって、つい伺ってしまったのです」

「そう、だったんですね」

としか言いようがない。

ユファテスは必死に脳を回転させた。今の話はどこをどう切り取ってもディランのことに聞こえる。

皇帝で、冷徹帝と恐れられていて、でも本当は優しくて、よく褒めてもくれるし、ふたりの時は確かに甘やかしてもくれる。

さあっと血の気が引いていく。

今まで彼がくれた〝あの時間〟を、エルヴィーナも、他の女性も与えられているのだと思ったら、今にも胃の中のものが逆流してきそうだった。

ユファテスは咄嗟に口元を押さえる。もうなにがなんだかわからない。

「ユファテス様？　どうされました？　ご気分でも優れませんか」

「え……なんで、ですか？」

エルヴィーナが慌てた様子でハンカチを差し出してきた。

「顔色が真っ青ですよ。そのお茶をお飲みになってください。ミントティーですから、少しは気分も回復するかもしれません」

心配してくれるエルヴィーナを無下にもできず、ユファテスはミントティーに口をつける。今まで飲んだどの紅茶よりも爽やかな風味が口の中に広がった。独特の味わいだ。

気を落ち着かせるために半分ほど飲んで、カップを置きながら呼吸を整える。

「大丈夫ですか？」

「はい、すみません。お見苦しいところを見せてしまいました」

「お気になさらないで。それより、本当に、大丈夫なのですか？」

念を押すように確認されて、ユファテスはもう一度首肯しようとした。その際少しだけめまいがしたが、大したことではない。小さく頭を振ってから、しっかりと頷く。

それよりも、政略結婚とはいえ、自分の想い人の妻にも気遣ってくれるエルヴィーナの優しさが尊すぎて胸が痛い。

対して自分はどうだ。ちょっとのことで動揺して、相手に気を遣わせて、恥ずかしいにもほどがある。

「……そう。でしたら、よかったですわ」

にっこりと、胸元で両手を合わせたエルヴィーナが笑う。

これ以上ここにいるのは色んな意味で心が耐えられないと判断し、ユファテスはそろそろ戻る旨を伝えた。

しかしエルヴィーナはまだ話し足りないのか、なんだか煮え切らない様子だ。

（でも、ここは思い切って振り切らないと、お互いのためによくない気がします）

こういう時、世間一般の人々はどうしているのだろう。知り合いと、同じ人を好きになってしまった時。

（私、応援できませんし、きっとエルヴィーナ様もできないと思いますし、それともいっそのこと腹を割って話した方がいいんでしょうか？）

そんなことをぐるぐると考えていた時だった。

神殿の方がにわかに騒がしくなって、ユファテスは後ろを振り返った。

エルヴィーナの侍女たちが叫んでいるのが遠目に見える。彼女たちは誰かから逃げているようで、その先に目を凝らした。

柱の陰から現れたのは、黒いモヤのようなものを纏ったリズベルだ。

「えっ、リズベル!?　なんですか、あれっ」

「妃殿下、お下がりください！　明らかに様子が変です！」

リズベルを心配して駆け寄ろうとしたユファテスをコレットが止める。

リズベルは長い髪を乱し、苦しそうに息を切らしながら、ふらふらとこちらへ近付いてきていた。

ここに護衛の兵士はいない。ジェイスは闇魔法使いの捜索を手伝っているし、連れてきた兵士は神殿の外で待機している。それが神殿のルールだとエルヴィーナに教えられたからだ。

さらに間の悪いことに、ここは神殿の敷地内とはいえ本殿からは離れている聖女のプライベート空間で、ほぼ女性の使用人しかおらず、誰も近付いてくるリズベルを止められない。

(私が止めないと……!)

彼女の身になにが起こったのか、状況はまったく掴めていない。

彼女の身体を覆う黒いモヤみたいなものの正体もわからない。

けれど、リズベルはユファテスの侍女だ。口も態度も悪いかもしれないけれど、彼女はちゃんと仕事はこなしていた。

衣装の管理も宝石の管理も、ユファテスの化粧も身の回りの世話も。祖国の侍女たちと違って、嫌いなユファテスに対しても己の責任だけは全うしていたリズベルを、ユファテスは嫌っていない。

(だから、なにかする前に止めないと。リズベルが、誰かを傷つける前に)

ヒールの高い靴をさっと脱ぐ。

その時、右手に持った片方の靴がいきなり弾き飛ばされた。

驚いて前方を見やれば、リズベルがこちらに向けて手を突き出している。

(まさか今の、魔法……!?)

冷や汗がたらりと額を滑った。

「コレット、ちょっと聞きますけど、リズベルってもしかして魔法を使えるんですか？」

「使えます。彼女の生家であるデンプシー家は、代々魔法使いを輩出している一族です。本当のところは知りませんが、魔法使いなんてかわいくないからと彼女は侍女を希望したそうです」

「へ、へぇ……世の中色んな人がいるんですね」

なんて呑気に言っている場合ではない。さすがにちょっと、いやだいぶ、予想外もいいところだ。

ユファテスは魔力なんてないので、誰が魔力持ちかは識別できない。

そして魔力を持たないユファテスでは、魔法使いにはどう足掻いても勝てっこないのだ。

「エルヴィーナ様、今のうちにお逃げください」

エルヴィーナの侍女がそう促した途端、リズベルの昏い瞳がその侍女に向いた。

それだけでリズベルの次の行動を察したユファテスは、裸足でしっかりと地面を蹴って走り出す。

その侍女を押し倒すのと、自分のすぐ後ろで氷の礫《つぶて》が通過したのは、ほぼ同時だった。

（氷ってことは、水魔法使いですか）

ユファテスは身を起こしながら叫んだ。

「火魔法の使い手はいますか!?」

誰からも返事はない。

「魔法を使える方は⁉」

ユファテスのもとに駆け寄ってきたコレットが答える。

「土魔法なら、少し」

「コレット！　心強いです」

まさか自分の侍女がふたりとも魔力持ちだったとは思わなかった。

背中にエルヴィーナと彼女の侍女を庇いながら、どうリズベルを抑えるか冷静に算段する。

その時、リズベルの口元が小さく動いていることに気付いた。彼女がなにかしゃべっている。

しかし距離が遠くてここまでは聞こえてこない。

「ちょっと！　早くなんとかしてくださいよ！　妃殿下の侍女でしょう⁉　エルヴィーナ様になにかあったらどうしてくれるんですか⁉」

後ろからさっき助けた侍女が怒鳴ってきた。

コレットが目つき鋭く振り向こうとするのを手で制する。

「もちろん、私がなんとかします。誰も傷つけさせる気はありません」

はっきりと宣言すると、さすがにエルヴィーナの侍女も押し黙った。

その間もリズベルから目は離さない。

「コレット、土魔法でなにができますか」

「初歩の……土壁を作る魔法なら」

「十分です。では、私を兵士のひとりと思って援護してください。突っ込みます」

「突っ込む……？」

珍しく目を見開くコレットに向けて、ユファテスは力強く頷いた。彼女の瞳が戸惑いに揺れる。その隙を狙ったように飛んできた氷の礫を紙一重で躱す。

するとユファテスのその俊敏な動きを目にしたコレットが、次の瞬間には覚悟を決めたような顔つきになった。コレットのこういう切り替えの早さや素早い状況判断にはいつも感服する。おかげで余計な説明をしなくて済みそうだ。

ユファテスの見立てでは、リズベルは魔法が使えても戦闘経験はないと踏んでいる。なぜなら彼女の立ち姿には隙が多いからだ。

なので、先手必勝とばかりに間合いへ飛び込む。

急に迫り来るユファテスに驚いたのか、リズベルは氷の礫を大量に放ってきた。しかしユファテスの目前に出現した土壁がすべて防ぐ。最高のタイミングだ。

ユファテスは右でもなく、左でもなく、意表をつくために土壁の上からリズベルを狙う。華麗に壁を駆け上がる姿に誰もが唖然としていた。

魔法を繰り出そうと手を伸ばすリズベルへ、先ほど脱いでいたもう片方の靴をぶん投げた。

「――!?」

反射的に目を瞑ったリズベルの上に、そのまま落下する。

「いやっ、放して！　裏切り者、この裏切り者ぉ！」

なにを呟いていたのかと思ったら、彼女はそれをずっと口にしていたらしい。

体重で押さえつけて、魔法を使わせないために後ろ手で拘束する。

「ひどいじゃないっ。なんでっ、なんでよ……！　裏切り者！　私はあんなに尽くしたのに！」

「リズベル、落ち着いてください！」

「放してよ！　触らないでっ。どうせあなたも同じでしょ!?　どうせ裏切るくせに！」

「……え？」

暴れるリズベルを押さえながら、ユファテスは困惑した。

彼女の言う裏切り者というのは、自分のことだと思っていたのだ。けれどこの言い方だと、彼女が最初に裏切り者と呼んでいたのは別の人間のように聞こえる。

コレットが駆け寄ってきてくれようとするのが視界の端に映ったので、来ないように声を張った。

「なんで邪魔するのよ！　みんな、みんないっつもそう！　期待外れって、私のこと、なにも知らないくせに……‼」

リズベルの全身からひんやりとした空気が膨れ上がってくる。

まずいと思うと同時に身体が勝手に動いていた。リズベルに覆い被さる。

「妃殿下！」

その瞬間、背中に激痛が走った。傷口から身体が冷えていくような感覚もする。

「放してよぉ！」

ユファテスの腕の中でリズベルが暴れる。魔法を使う手は拘束していたが、魔力が暴走してしまっていてはその拘束も意味はなかったようだ。昔に読んだなにかの文献には、魔力が暴走すると本人の意思に関係なく魔力が全身から溢れ出し、周囲を攻撃するとあった。リズベルの全身からひんやりとした空気を感じたときにまさかとは思ったけれど、その予感は的中したようで、ユファテスの背中にはリズベルの魔力暴走によって出現した氷柱が刺さっている。

ユファテスは痛みに耐えながら、宥めるようにリズベルの頭を撫でた。暴れる彼女を決して放さず、何度も、何度も。

「大丈夫。大丈夫ですから、落ち着いてください。リズベル」

「な……って……」

「魔力が暴走してますね。ひんやりします。でも、大丈夫ですよ」

「なに、してっ、のよ」

「深呼吸しましょう。そうしたら落ち着きますから」

「なに言ってんのよ……！」

リズベルが勢いよくユファテスの身体を押しのけた。

その振動が背中の傷に響き、意図せず眉根を寄せてしまう。鈍くなった思考で背中の氷柱が邪魔だと思ったユファテスは、自力で氷柱を引き抜いた。

ぼたぼたっ。地面に零れた血に、この場が一気に騒然となる。

「きゃあああ！」

「妃殿下！」

「誰か、誰か医官と神官長を呼んできて！」

今度こそコレットが駆け寄ってきた。

エルヴィーナの侍女たちは完全にパニックを起こしている。

「あ……嘘っ……わ、私が……っ？」

「リズベル！　違います。違うから落ち着いてください！　でないとまた暴走してしまいます！」

「でも私、こんなつもりじゃっ……！」

「わかってます。わざとじゃないことくらい」

安心させるように微笑むと、リズベルがくしゃっと泣きそうに表情を崩した。

まるでごめんなさいと謝るように、または縋るように、リズベルが手を伸ばしてくる。

――その時。

ふたりの間に第三者の殺気が割り込んだ。ユファテスはすぐにリズベルの手を取り、背中に隠す。

転がっていた氷の礫を咄嗟に拾い、相手に向けて構えた。

なんて威圧だ。呼吸さえ許されないような圧迫感に襲われながらも、ユファテスは相手の顔を確認する。

そこで視線が交差し、互いに目を瞠った。

「陛下⁉」

「ユファテス、なぜ君が庇っ――……まさかそれ、怪我、してるのか……？」

呆然とした様子で呟いた彼だったが、次の瞬間、彼の殺気が膨れ上がった。先ほどの比ではない。同調するように彼の魔力も溢れているのか、黒いマントが下から風を受けたようにはためいている。

彼と共に来たらしいジェイスが、そんな彼を止めようとなにか叫んでいた。

（私も止めなきゃっ）

しかし、突然視界が黒いもので覆い尽くされて叶わない。それがディランの着ていた軍服だと遅れて気付いた頃には、後頭部に回った大きな手に抱き寄せられていた。

「やったのはおまえだな、リズベル・デンプシー！」

「っ……ぁ……わた、し……私は……っ」

「っよくもユファテスを！　こんなことなら神殿の言うことなど放っておけばよかった！　俺

のものに手を出して、楽に死ねると思うなよっ……‼」

悲しい声だ。痛々しい声。

怒りに満ちているはずなのに、彼が泣いている——なぜかそう感じた。

「待てディラン！　殺すのはまずい！」

「きゃあああ！」

「神官長はまだなの⁉」

だからユファテスは、彼の顔を隠すフードを引っ張って、彼の頭を包み込むように抱きしめた。

周囲の喧騒なんて聞こえない。そんなのどうだっていい。

このまま彼に、リズベルを傷つけさせたくはなかった。

「……陛下、聞こえますか？　私の心臓、ちゃんと動いてるでしょう？　ですからそんなに怒らないでください」

とく、とく。心臓がいつも通りの音色を奏でている。

でももっと、もっと強く動けと、ユファテスは自分自身に命じた。

少しでも彼が安心できるように、もっと強く、速く、鼓動を刻めと。

ぐっと腕に力を込めて、彼の存在を腕の中で確認する。

すると、それだけで心拍数が上がった。

どんどん速くなっていく心臓の音は、そのまま彼に恋をしている証である。

ただ生きていることを伝えるだけではなく、この想いも一緒に伝わればいいのにと思ってしまう。

やがてディランの怒りのオーラが鎮まっていることに気付いて、ユファテスは彼の両頰に手を添えて目を合わせた。

「ふふ。陛下って、やっぱりお強いんですね」

「……は」

「殺気であんなに息が詰まったの、初めてです」

なにを言っているんだ、と彼の金色の瞳が困惑している。

ユファテスはもう一度彼を抱きしめるように、彼の肩に顔を寄せた。

「お願いがあります、陛下」

ディランの手が、恐る恐るといった様子で背中に回る。

「私を、ここから連れ出してくれませんか。なによりも優先的に」

「わかった。君の頼みならそうする。だから抱き上げていいか？　……ユファテス？」

ずる、と。彼の肩にのせていた自分の頭がずり落ちる。

「ユファテス、ユファテス⁉」

身体に力が入らない。手先が痺れている。必死に名前を呼ぶ声は届いているのに、頭の中が真っ白でなにも考えられない。なにも見えない。

（ああ、血を流しすぎましたか）

ぼんやりとその考えに至って、ユファテスは内心で自嘲の笑みを浮かべた。

興奮状態にあったおかげで痛みには鈍くなっていたが、さすがに血が減る危機は身体もごまかせなかったらしい。

ゆっくりと、意識が遠のいていった。


ユファテスが次に目を覚ました時、見慣れない天蓋が最初に視界に映った。

天蓋の大きさからとても広いベッドで寝かされているのがわかる。部屋の中は暗くて、カーテンの閉まった大きな窓からも光の筋は漏れてこない。

ぼーっとする頭で、今が夜らしいと知る。

ここはどこだろうと周りを見回してみたら、窓がある方とは逆側に人の影を見つけた。

背もたれのある椅子《アームチェア》に座っており、微動だにしない。

身体を起こそうとしたが、左手がなにかに掴まれていて動かせないことに気付く。それが人の手だということもすぐに判明した。

そしてその手が誰のものかも、闇に慣れた目が答えを導き出す。

（陛下……）

彼の瞼は閉じられている。今はマントもフードもない。

よくよく周囲を観察してみれば、ここが彼の寝室だとわかった。

（もしかして、ずっとそばにいてくれたんでしょうか）

手を握って。自分の休息を後回しにして。ずっと。

「……っ」

なんだか無性に彼に触れたくなった。抱きしめてほしくなった。

「陛下……」

漏らした声に反応するように、呪いによって生えている耳がぴくりと動く。

今度こそ身体を起こそうと思い、握られていない右手に力を込めて起き上がろうとした時。

「……ユファテス？」

眠っていたディランがそっと目を覚ます。

「す、すみません陛下っ。起こすつもりは――」

「ユファテス……！　目が覚めたのか！」

中途半端に起こした身体をディランに抱きしめられる。

けれど傷を気遣ってか、まるで羽毛に包まれているかのように彼は軽くしか触れてこない。

それをもどかしく感じた自分に、自分で驚く。

「よかった……っ。本当によかった。君が真っ青な顔で倒れた時は生きた心地がしなかったんだ。目を覚ましてくれてありがとう。調子はどうだ？　痛みは？」

「えっと、痛いは痛いですけど、そこまでじゃないです」

「そうか。なら少し安心した。初めて神に感謝したよ」

そう言って、彼が泣きそうな顔で微笑む。心底安堵したという眼差しに、心がくすぐったくなる。

ただ、なぜか目尻に落とされる口づけには、寝起きながら混乱した。

（え？　あれ？　もしかして私、まだ夢の中にいます？）

思わず思考を放棄してしまいそうになるほど、この状況についていけない。されるがまま反応できずにいた。

「少し待っててくれ。医官に目を覚ましたと伝えてくる」

「あ、はい」

そうして老齢の医官を連れたディランが部屋に戻ってくると、ジェイスも一緒にやってくる。

医官がいるのに身体を隠さないディランを見て、また疑問の種が増える。

ひと通りの診察を終えると、医官は「特に問題はないが安静にするように」との言葉だけを残して、さっさと退室していった。

それを見送った後は、部屋にユファテスとディラン、ジェイスの三人だけになる。

なにか言いたげな目をするユファテスの意を汲み取ってくれたらしいディランが、おもむろに口を開いた。

「情けない話だが、君が倒れて慌ててしまって。自分の身を隠すのも忘れて医官に治療を迫ってしまったんだ」

「妃殿下からも叱ってやってください。まったく、バレたのがあの先生だったからよかったものの、信用ならない奴だったらどうするつもりだったんだか」

ジェイスが呆れたように愚痴をこぼすが、ディランは心外だと言わんばかりに鼻を鳴らした。

「信用してない奴に彼女を診せるわけないだろ」

「あー……そうですね。陛下はそういう人でした。まあいいです。それより、お身体の調子はいかがですか、妃殿下？」

「大丈夫です。掠り傷だったのか、それとも薬が効いているのか、それほどじゃないですよ」

正直に答えると、ディランとジェイスがふたりして苦笑する。

「妃殿下の怪我は掠り傷ではありませんよ。重傷でした。痛み止めの薬も処方してもらってますが、痛みがあまりないのは、ほとんど聖力のおかげでしょう」

「そうなんですか？」

聞き返すユファテスに、今度はディランが答える。

「ああ。聖力の持ち主は傷や病、あと毒にも、他の人間よりは強いという記録が残っているんだ。今まで毒や病なら理解できたが、傷に強いというのはどういう意味だろうと疑問だった。

それが今回の件で謎が解けたよ。傷の治りが早いんだ、君は。目を覚ますまでの四日間、まるで君の身体が治療に専念するために眠り続けているようだった」

ああだから、とユファテスは目覚めた時に聞いたディランの言葉を思い出した。

彼が神に感謝したと言ったのは、神がユファテスに与えた聖力のおかげで一命を取り留めたからなのだ。

確かに昔から健康だけは取り柄だった。傷もすぐ治っていたけれど、他人と比べる機会なんてなかったユファテスにとっては、それが普通だと思っていた。

自分のことなのに初めて知る事実があるのは不思議な感じがしたが、ユファテスにはそれより気になっていることがある。

「あの、それで、リズベルは大丈夫ですか？　私以外に怪我をした方とか、いました？」

一転して、ディランの瞳が剣呑に光った。

「他に怪我をした者はいない。リズベル・デンプシーは牢に繋いでいる」

「牢に!?　どうしてですか、陛下。怪我人はいなかったんですよね？　それにあれは魔力の暴走です。彼女のせいじゃありません！」

「怪我人ならいるだろう？　君だ。聖力のおかげで軽傷まで落ち着いたとはいえ、最初は本当に重傷だったんだぞ。故意か否かにかかわらず、皇妃を害そうとした人間をなぜ処分しないでいられる？」

睨まれているのが自分ではないとわかっていても、彼から滲み出る殺気に身が竦む。

それでも、ユファテスは視線を逸らさなかった。

「あの時、リズベルは様子がおかしかったんです。きっとなにか事情があるはずです。陛下の仰ることが正しいこともわかっています。ですので、せめて彼女との面会をお許しいただけませんか？」

「却下だ」

「一度だけでいいですから」

「何度も言わせるな。それより君は自分の回復に専念するんだ」

その時初めて、ユファテスの中にディランへの反駁心《はんばくしん》が生まれる。

「――嫌です」

「……は？」

「嫌だと言いました！　リズベルは私の侍女ですよ。その責任は監督者の私にあると思います」

「君には皇妃の役目など負わなくていいと言った」

「自由にしていいとも仰いました！」

珍しいユファテスの反抗に、ディランが苛立ちと困惑を抱えているのが見て取れる。

けれど、ユファテスだって一歩も引く気にはなれない。

これまで粗雑な扱いしか受けてこなかったユファテスにとって、ディランと、コレットと、ジェイスと、リズベル、それにニールスも含めた彼らから受けた対応は、どれもこれまでの常識を覆すようなものだった。

確かにその中では、リズベルの態度はきついものだったと認識しているけれど、あんなのは本当に『きつい』うちに入らない。今回の事件を通して、それがさらによくわかった。

なぜならリズベルは、魔法が使えるほどの魔力を持ちながらも、魔力なしのユファテスを侮辱しなかったからだ。

それがどれほど珍しい反応なのか、正しく理解できる人はおそらくこの国にはいないだろう。

祖国で魔力差別を受けた人間にしか、この感動は理解できないに違いない。

自分たちがいかにユファテスの心を救い、救い続けているのか、彼らが自覚できる日はきっと来ない。

でもだからこそ、彼らが自覚しない分を、ユファテスは伝えていきたいと思っている。

「私、大切にしたいんです。こんな私のことも受け入れてくれた人たちを。そういう人々を作り上げたこの国を。陛下のことも、ジェイスのことも、コレットも、ニールスも、私の大切な人です。みんなに恩返しがしたい。そしてそこには、リズベルも入っています」

こちらの本気が伝わるよう、瞳に力を込める。

彼もまたまっすぐ見返してくるが、ユファテスに折れる気がないと悟ったのか、若干瞳が揺れた。

その変化をチャンスだと思い、追撃する。

「話をするだけです。なんでリズベルがあんなことをしたのか、弁解の余地くらい与えてもいいと思いませんか」

ベッドの上を両手と両膝を使って移動した。

「陛下だって、初夜にいらっしゃらなかったのは事情があったからじゃないですか」

ディランが痛いところをつかれたように渋い顔になる。

「私、本当のことを言うと、あれには傷ついたんですよ。それでも事情を伺ったから、陛下のことを誤解せずに済んだんです」

「傷ついて、たのか？」

この世の終わりのような蒼白な顔色で、ディランが呟いた。

ベッドの縁に辿り着いたユファテスは、そこで膝立ちになると、ディランと目線を合わせた。

「というわけで、陛下の謝罪を受け入れた時のようにリズベルの言い訳も聞きたいんですが、もちろんお許しいただけますね？　リズベルはどこの牢にいるんですか」

渾身の笑みでトドメを刺した時、後ろで様子を見守っていたジェイスがもう耐えられないとばかりに噴き出した。

「これは妃殿下の圧勝ですね。それを言われたら陛下に勝ち目はありませんって」

ディランの背中をばしばしと遠慮なく叩いている。

「いや～、ずっと思ってましたけど、妃殿下って意外と逞しいですよね」

「おまえは黙ってろ、ジェイス。――ユファテス、それでも俺は嫌なんだ。君を傷つけた人間を君に近付けたくない。どうかわかってくれ」

じゃあ、とユファテスは神妙な顔を作った。

「私、陛下にも近付けませんね」

そのひと言で、彼は自分の失言に気付いたらしい。両肩を掴まれる。

「待ってくれ。離縁はしない」

「まだそこまで言ってません」

「だが言うつもりだっただろ」

「………………」

無言を肯定と受け取ったディランが眉根を寄せた。

ユファテスは、愛だのなんだのを利用した駆け引きについてはわからないし、できない。

でも、祖国で培ってきたビジネスに関する取り引きのやり方なら、よく知っている。

ディランは呪われており、ユファテスはその呪いを和らげる力を持っている。

また、聖力によって動物と話せるユファテスは、悪魔や闇魔法について詳しいエリートたちの通訳もできる。

つまりユファテスは今、自分の夫に、恋愛における駆け引きではなく、ビジネスによる取り引きを持ちかけようとしていた。

「交渉しましょう、陛下」

「なぜ自分の妻とそんな話になるんだ」

「私は自業自得だと思いますよー」

横槍を入れるジェイスをディランが睨む。

「リズベルとの面会を要求します。代わりに、呪いを解くために私の力を存分に利用していただいて大丈夫です」

「要求を拒否した場合は」

「先ほどの陛下の発言にならい、今後一切陛下には近付きません。ですので、私の力は使えないと思っていただければ」

条件を提示し、彼の回答を待つ。

正直に言うと、かなり勝算のある交渉だと思っている。なにせ皇帝である彼は、呪いを絶対に解く必要があるからだ。

少しだけ卑怯な真似をしている自覚はあるけれど、こうでもしないとリズベルが淡々と処刑されそうな気がしてならない。

ディランは優しい人だ。でも、冷徹帝と呼ばれる彼もまた、確かに彼の一面として存在している。

今は心を鬼にしてでも、この要望を通す必要があった。

「陛下には保険として聖力が必要ですよね？」

「確かに呪いを解くために聖力は重要な鍵だ。でもそういうことじゃない。俺が君を必要とするのは、そういうことじゃなくて……ああもうっ、なんでこんな身体なんだ俺は！」

「ははっ。それも自業自得ですね、陛下」

「本気で黙れ、ジェイス」

髪を雑にかき上げて、ディランが心底困ったというように悪態をついている。

あともうひと押ししようとしたが、ディランがそれより早く折れてくれた。

「わかった。俺の負けだ。リズベル・デンプシーとの面会を許可する」

「ありがとうございます、陛下！」

「ただし俺も同行する。これが最大限の譲歩だ」

ものすごく嫌そうな顔だった。それには思わず笑ってしまいそうになる。そんなに？と思う一方で、そこまで心配してくれる彼に嬉しくなる自分もいた。

そうして心配事が減ったからだろうか。頭の中にふと疑問が湧く。

「そういえば陛下とジェイスって、どうして神殿にいたんですか？」

その質問で変わった場の空気に、ユファテスは己の失敗を悟った。

聞いてはいけない話だったのかもしれないと思い直し、質問を撤回しようとしたが、その前にディランが話し出す。

「君にはまだ伝えていなかったが、実はエルヴィーナも呪いのことを知っているんだ。それで、彼女から呪いのことで話があると言われた。もしかしたら最近感じていた視線の持ち主が闇魔法使いじゃないかという話だったから、詳しく話を聞くために」

それはどういうことかと、ユファテスは反応に窮する。

エルヴィーナにも秘密がバレてしまったというのは、ユファテスも意図せず知ってしまったことだ。

しかし、視線のくだりは知らない。

「いきなり言われても混乱するよな。順を追って話そう。まず、以前から何者かがエルヴィーナをつけ狙っているかもしれないという相談を神殿から受けていたんだ。君と初めて神殿で会った時も、その調査結果を伝えに行ったところだった」

ディランの言葉を頭の中で咀嚼して、それが結婚式の翌日の件だと思い至る。その瞬間、心がふっと軽くなった。隅っこに埃のように積もっていたモヤモヤが、今のディランの言葉で綺麗に消えた。あの日彼がエルヴィーナを訪ねたのは、単に仕事だったというわけらしい。

「調査では怪しい人物なんて浮上しなかった。それでこの件は終わったと思っていたんだが、いきなりエルヴィーナの侍女に手紙を渡されてな。そこに書かれた内容が内容だったから、指定された時間に会いに行ったら――あの状況だったってわけだ」

「そうだったんですか」

「そうですよ、妃殿下。陛下が浮気しようものなら私が殴ってでもお止めするつもりでしたから、ご安心ください」

「えっ⁉　いえっ、そんな、そういうつもりで聞いたわけじゃ……っ」

「そもそも前提がおかしいぞ、ジェイス。浮気する気なんて露ほどもない。誤解される言い方はやめろ」

だいたい、とディランが眉間にしわを寄せて続ける。

「俺は念のための保険としておまえを連れていっただけで、ユファテスはそんなこと気にもしないはずだ。そういう目で見られてないからな。変なことを言うな」

「陛下、それ自分で言ってて悲しくなりませんか」

「うるさい。おまえのせいで浮気男のレッテルを貼られたら俺はおまえを恨むからな。一生」

「うわ、目が本気だ……。でもまあ、それは回避できそうでなによりです」

ジェイスと目が合い、ユファテスはなにか顔を隠せるものはないかと慌てて周囲を見回した。ディランに見られる前に、と急いだのに、その甲斐虚しく彼とも視線が合ってしまう。

顔に感じていた熱がさらに高くなった。

「あのっ、私、本当にそんなつもりはなくてですねっ。でも、ご、ごめんなさい」

自分で気付いていなかっただけで、エルヴィーナのいる神殿にディランがやってきたのを、もしかしたら心のどこかでは責めていたのかもしれない。

ジェイスの言葉はまるで図星をつくようで、今すぐこの場から逃げ出したい衝動に駆られた。

なのに、無自覚にもディランを疑ってしまったユファテスに対して、彼は怒るでもなく、悲しむでもなく、感激したように目元を押さえる。

「あのユファテスが……意識してくれたのか……」

「ちょ、そこに感動してるの笑っちゃうからやめてくださいよ」

「今はおまえになにを言われてもいい」

また無意識に自分がなにかしたのだろうかと不安になり、おずおずと訊ねる。

「えっと、大丈夫ですか？」

ふたりともに答えをはぐらかされたけれど、特になにかしたわけではなさそうなのは空気で察した。

それから話題は元に戻り、リズベルを訪ねるのは日を改めてにしようとなる。

そのまま解散の流れになった時、ジェイスが思い出したように確認してきた。

「そういえば私もひとつ、聞きたいことがあったんです。妃殿下って、護身術でも習ってたんですか？」

「え？　いえ特に。どうしてです？」

「あれっ。でもデンプシー嬢と戦ってる時、だいぶ身のこなしが軽かったですよね？　陛下の殺気にも耐えてましたし。結構びっくりしたんですよ」

「……あれはユファテスに向けたつもりはなかったんだ。すまない」

「いいえ、大丈夫です！　もちろんわかってましたから、気にしないでください。あとあれは、護身術なんて大層なものじゃなくて……」

そこで言い淀んだのは、真実を明かすのに少しだけ抵抗があったからだ。

これまでそれを打ち明けるのに羞恥心なんて感じたこともなかったのに、なぜか今は気になってしまう。

——ディランがこの話を聞いたら、どう思うだろう。

（これも、陛下のことが好きだから、気にしちゃうんでしょうか）

好きというのは、初めて知る感情が多くて大変だ。

ちらりと横目で窺ったディランも、ユファテスの答えを待っているようだった。

「え～っと、あれはその……私、友人がいなくて」

友人？とディランとジェイスが同時に首を傾げる。

「代わりに、王宮の裏にある森によく遊びに行ってたんですけど、そこにはたくさん友だちがいまして」

ここで言う〝友だち〟は動物たちを指すのだが、それは説明しなくてもふたりとも理解しているようだった。

「みんな仲はいいんですよ？　いいんですけど、たまに喧嘩することはあって。それで、よくその仲裁役をやってましたので、自然と荒っぽいことが身についたと言いますか、じゃないと私がみんなに突き飛ばされそうだったと言いますか……」

喧嘩中の彼らは周りが見えなくなるのだ。そんな荒ぶる動物たちを鎮めるのは、なかなかに骨が折れた。

彼らはユファテスの言葉を理解してくれるけれど、頭に血が上った状態ではまったく言葉が通じない。

だからユファテスは、喧嘩両成敗とばかりに当事者をいったん気絶させていた。冷静な話し合いはそこから始まる。

おかげで相手の力を利用して戦うのがうまくなった。あと、木登りも。

「――ふはっ。はははは！」

ジェイスがお腹を抱えて爆笑し出した。

ディランも声こそ出していないものの、口元に当てた手の動作で噴き出すのをこらえているのがわかる。

「そ、そんなに笑います？」

「す、すみません。でもだって、まさかそんな野性的な答えが、ふふ、返ってくるとは、あははっ」

「ジェイス、笑いすぎだ」

「あれ？　陛下も笑ってますけど、別に意外そうではないですね？　知ってたんですか？」

「いや、十分驚いているが、言われてみれば図書館で初めて会った時も果敢に立ち向かってきたなと思い出してな」

そう言われてユファテスも当時のことを思い出した。ディランに不審者と間違われて拘束されたところを、なんとか逃げようとして反撃したのだ。まあ、彼にはまったく歯が立たなかったけれど。

「あまり危ないことはしてほしくないが、恐れず立ち向かうユファテスの姿はカッコよかったよ。見惚れるくらいにな」

「か、揶揄わないでください！」

「そうですよ陛下～。口説くなら私のいないところでお願いしますね」

「「くど……!?」」

ジェイスの爆弾発言にはディランと同時に仰天した。

「じゃ、気になってたことも聞けてすっきりしたので、お邪魔虫は退散しますね！　コレットには妃殿下が陛下の部屋で休むこと、ちゃんと伝えておきますから安心してください」

ひらひらと手を振って部屋を出ようとするジェイスの最後の言葉に、ユファテスの背中に衝撃が走る。

すっかり忘れていたけれど。

（そういえばここ、陛下の寝室でした……！）

完全に自分の部屋だと勘違いして、このまま寝ようとしていた。

「ジェジェジェイス！　待ってください、私も一緒に帰ります！」

「え？　なに言ってるんですか。安静にしてないと……ってびっくりするくらい普通に走ってくるじゃないですか」

「もう大丈夫です。本当に大丈夫です。自分の部屋じゃないと落ち着いて眠れそうにないんですっ」

「あー……」

頬をかきながら、ジェイスはユファテスを通り越した先に視線を向ける。たぶんディランにアイコンタクトを送っているのだろうが、ユファテスは振り返れなかった。

ダメと言われても出ていこうと決意した時、予想に反して静かな声が後ろからかかる。

「わかった。戻るのは構わないから、せめて傷に響かないようジェイスに運んでもらえ」

ジェイスが目を丸くした。

「よろしいんですか、陛下」

「ああ。今はユファテスの身体が第一だ」

「かしこまりました。必ずや無事に送り届けます。――少し失礼しますね、妃殿下」

「え、わっ」

しゃがみ込んだジェイスが膝裏と背中に手を添えたと思ったら、急に身体が浮く。横向きに抱かれていると瞬時に把握した。

落ちないよう本能的に動いた手が、ジェイスの首へ伸びる。

「送れなくてすまない。ゆっくり休んでくれ、ユファテス」

なぜかその声音が寂しそうだったのは、気のせいだろうと思うことにした。


目を覚ました翌日に、さっそくユファテスはリズベルのもとを訪ねようとした。

しかし無事を喜んでくれたコレットに断固反対され、ジェイスにも苦笑されたので、大人しく部屋にこもる。

安静にしながらできることを考えた結果、闇魔法使いをいかに早く見つけるか、という思考に耽ることにした。

というのも、フードとマントを被っていたとはいえ、ディランは神殿に姿を現したのだ。

今はまだ事件直後であり、あの場にいた者の意識は事件に向いているだろう。

けれど時間が経つにつれ、皆が小さな疑問を抱くはずだ——なぜ皇帝はあんな全身真っ黒な姿をしていたのか？と。

そうなると、その理由を探ろうとする者が出てくるだろう。勝手な臆測で、それがさも真実であるかのようにデタラメを吹聴する者も出てくるかもしれない。

そうなる前に、とにかく早く呪いは解くべきだと考えた。

闇魔法使いを見つけるのが必須だとわかった今、ディランたちだってそれに全力を注いでいる。

ただ、闇魔法使いの目印とも言われる契約印は、身体のどこに刻まれているかわからない上に、皇宮の人間全員に急に裸になれというのも難しい。

それでも機転を利かせたディランの策で、皇宮では少し前から健康診断が実施されている。

健診という名目で、それに立ち会うジェイスとディランの筆頭護衛が契約印の確認をしているそうだが、呪いのことを知る女性がユファテスとエルヴィーナしかいないため、健診はまだ男性のみで留まっている。

しかも男性だけでも皇宮には大勢の人間が働いているため、全員の確認には至っていない。

そこでユファテスは、他のアプローチがないか考えてみた。

さすがに女性の検診時に皇妃が立ち会うのは、理由づけが困難だろう。ではエルヴィーナはどうかと提案した時、ディランはなるべく神殿側の力を借りたくないと言った。

その思いは今回の事件でより強くなったようだ。なんでも、事件を起こしたリズベルが神殿側の人間だったのが関係しているらしい。

ユファテスはまだ帝国内の情勢を完全に把握できていないため、神殿側と教えられてもピンとこないが、だからあれほどリズベルがエルヴィーナを応援していたのかと納得する部分はあった。

とにかく、エルヴィーナに頼るのは最終手段とするようなので、じゃあ他にどんな方法で闇魔法使いを見分けようかと喉の奥で唸る。

(私の力が利用できそうなんですけど、どう利用すればいいのか)

やはりユファテスが思うのは、聖力は闇魔法と相互関係にあるのではないかということだ。

闇と光が表裏一体であるという考え方は、この世の真理である。

試す価値は十分にあると思っていて、ずっと考えているのは試す方法だ。

たとえば、相反する火と水魔法の使い手が互いの魔力を受けつけないように、闇魔法使いが聖力を受けつけない身体なら、ひとりひとりに聖力を流し込んでいけないだろうかと思いつく。

が、すぐにその案を却下した。これには問題がふたつある。

ひとつ、対象者が多すぎること。

ひとつ、そもそもどうやって聖力を流し込むのか、やり方がわからないこと。

ユファテスはこれまで一度だって意識的に力を使った例しはない。みんなに美味しいと思ってもらえるように、食べた人に少しでも元気になってもらえるように、そう願いながら作ったお菓子に偶然聖力が流れ込んだだけだ。

「……あっ」

その時、脳内にふと閃きが宿る。

なにかとてもいい案を思いついたような気がするのに、頭の中のそれをぱっと言語化できない。

（えっと？　もう一回、直前になにを考えていたか思い出しましょう。意識的に力を使ったことはないと思って、使い方がわからないと思って、今までは願いを込めながらお菓子を作ってただけ、で、それが、たまたま……）

「あーっ！　そうです、お菓子です！」

自分の中で閃いたものの正体に辿り着き、ユファテスは勢い余って叫んだ。

近くでユファテスが無理をしないか見張っていたコレットが、険しい顔をして言外に何事かと訊ねてくる。でも今のユファテスにそれを気にしている余裕はなかった。

（そうですよ、使い方がわからなくても、同じようにすれば聖力を込められるはずです。それで、闇魔法と聖力の関係が仮説の通りなら、闇魔法使いの身体は込められた聖力を受けつけないはず！）

たとえその仮説が間違っていたとしても、それなら別の方法をまた考えて実行に移せばいい。

今は、思いついた方法を片っ端から試すのが唯一の近道のように思えた。

（でもお菓子だと、食べてくれる人に偏りが出ます。それに、普段私のお菓子を食べてくれる人は、仮説を前提とするなら、闇魔法使いではないはずです）

聖力の力を届けたいのは、今までユファテスのお菓子を一度も食べていない者たちへだ。

そうなってくると、届ける方法も問題になる。

（お菓子作りの時と同じように力を込められそうな方法で、怪しまれずに体内に聖力を流し込めるのは……）

う～んと頭を捻りながら、ソファに置いてあったクッションを抱きしめた。

食べる、食べる、と脳内で繰り返す。

繰り返すうちに、なにも食べ物はお菓子だけではないと手を叩いた。

（朝、昼、晩。毎日の食事もそうです。飲み物だって、身体の中に入れるもの――）

ひとつだけ、〝これなら〟という方法を思いついた。

闇魔法使いをあぶり出せて、病人の回復を促せるかもしれない方法。

どれもユファテスの推測だ。確実に成果を出せる自信も保証もない。

（それでも、提案してみましょう。大丈夫。陛下はお父様たちと違って、ちゃんと聞いてくださるはずですから）


背中に汗が滲むほどの暑い外の気温とは裏腹に、日差しの入らないひんやりとした地下牢の階段を、ユファテスはディランとジェイスと共に下りていた。

怪我はもう痛み止めがなくても問題がないほどに回復している。完全回復にはさすがに早いけれど、我慢できるレベルの痛みまで落ち着いたことを必死に説き、今日やっとこうしてリズベルとの面会が叶った。

日付が空いたのは、ユファテスの怪我も理由だが、実は他にもうひとつ理由がある。

数日前にユファテスが思いついた作戦を、今夜実行するための調整をしていたからだ。ディランは思った通り父のように頭ごなしに否定せず、むしろやってみる価値はあると言って素早く段取りを組んでくれた。

つまり、その調整が終わるタイミングと、ユファテスの怪我の回復を待った結果、面会が今日になったわけである。

地下牢は石造りになっていて、窓もない。冷たい空気が足元を這うように漂っていて、背中がぶるりと震えた。

リズベルは上級貴族の令嬢だが、どうやらアルデニスタ帝国では罪人の貴賤を問わず、皆同じ牢に入れられる決まりらしい。祖国とは違う点に密かに驚いた。

ディランが貴族にも冷徹帝と言われる所以は、どうやらこういう平等なところにもあるようだ。罪人に貴賤など関係ない。罪を犯した者には相応の罰をもって償わせる。それは、アルデニスタ帝国の先帝とは真逆の考えだったらしく、これまでなにをしても大した罪に問われなかったために好き勝手やっていた一部の貴族は、大層慌てたらしい。

そんな人たちによって誇張された噂は、ディランをどんどん孤立させていったという。

ディランは、誰よりも正しい人《フェア》だった。

「着いたぞ」

思考の底にいたユファテスは、まさに考えていた人の声で意識を現実に戻した。

湿った空気と、日の差さない暗い場所。

石壁と鉄格子で囲われた部屋はいくつかあり、空っぽの部屋もあれば、人の気配を感じる部屋もある。

好奇心で鉄格子の隙間から手を伸ばそうとしてきたひとりには、ディランが凄絶な睨みを利かせていた。

リズベルは、その中でも奥の部屋にいた。

本当は牢ではなく、罪人と面会する時に使用される専用の部屋が軍部にはあり、そこで面会する予定だったのだ。

けれど、それをリズベルが拒否したと聞いた。聞いたその足でユファテスはここに来ている。

ユファテスの姿を認めた途端、リズベルの目が大きく見開いた。

「こんにちは、リズベル。すみません。会いたくないと聞いたんですが、会いに来ちゃいました」

「な、なにして……ここ……っ」

「ここ?」

「ここがどこだかわかってるんですか⁉　仮にも皇妃が来るとか信じられないんですけど！」

後ろで控えているディランが殺気を放ったので、ユファテスは彼のマントを後ろ手で軽く引っ張る。

彼の姿はいつもの黒いマントとフードに隠されているため、まさか皇帝まで来ているとはリズベルも思わないのだろう。

「ていうか怪我、怪我してるんじゃないんですかっ？　なんでピンピンしてるんですかっ」

「心配してくれてありがとうございます。私、昔から身体だけは丈夫なんですよ」

「だ、誰が心配なんて……！」

リズベルがぷいっとそっぽを向く。自意識過剰だったかなと、ユファテスは頬をかいた。

「それより、なんで来たんですか。私は会いたくないって伝えたはずなんですけど」

「でもリズベル、あの時泣いてましたよね？　だからなにがあったか知りたくて、ここに来たんです」

「はっ？」

リズベルが一瞬、なにを言われたか理解できないような顔をする。

そこにはどんな感情ものっていなくて、ただ互いに互いの瞳を見つめ合った。

先にその均衡を破ったのは、リズベルだ。白紙だった彼女の表情がくしゃりと崩れた。

「……っんで、あなたはいっつもそうなのよ！」

悲痛な声が地下に響く。

「ずっとそう！　私の嫌がらせを嫌がらせとも思わないで、呑気に笑って！　こっちがなにしても全然へこたれないから本当に腹立たしくて！　ちょっとくらい嫌な顔しなさいよっ。ちょっとくらい辛い顔しなさいよっ。そしたら私が惨めになることもなかったのに！　エルヴィーナ様に捨てられることもなかったのに！」

鉄格子の間から伸びてきた手に、両腕を掴まれる。その腕を咄嗟に掴み返したのは、今にも足元から崩れ落ちそうな彼女を支えなければと思ったからだ。

「嫌がらせの件はみんなに言われました。あの、たぶん私、これからリズベルをもっと怒らせるようなことを言うと思いますので、先に謝っておきますね」

「はあっ？　なによ」

「正直に言うと、あれのどこが嫌がらせだったのか、ちょっとよくわからなくて」

「はあ⁉」

盛大に呆れるリズベルに、この時ばかりは同情するような気配を後ろにいるディランとジェイスから感じ取る。

「朝、水ぶっかけたでしょ！」

「水……は、あれのおかげで頭がすっきりして、大事なことに気付けたんです。それに、水といっても冷水じゃありませんでしたよね？　コレットと違って温かくはなかったですけど、リズベルはいつも常温のものを持ってきてくれるじゃないですか。あれ、嬉しかったんです」

そもそも祖国では、自分で水を汲んでいたユファテスだ。持ってきてくれるだけでもありがたいのである。

「で、でも、部屋から出てけって嫌がらせしたわ！」

「掃除をするためでしたよね？　実際綺麗になってましたし。嫌がらせならサボればよかったんですよ？」

「あなたがそれ言っちゃダメなんじゃない⁉」

えーと、とユファテスは困り顔になった。

「でもですね、リズベル。本当の嫌がらせというのは、食事に嘔吐剤や下剤を混ぜたり、その日が締め切りの仕事を急に代われと言ってきたり、侍女やメイドを買収して掃除も洗濯も自分でさせたり、難癖をつけては鞭を振るったりすることですよ？」

「な、なによそれ。想像を絶する嫌がらせじゃないのっ。あなた、そんな人畜無害そうな顔して考えること結構えげつないわね⁉」

「……でしょう？」

にこりと笑みを貼りつける。今のはすべて過去に自分の家族にされた嫌がらせなのだが、これを聞いて青い顔をするリズベルは、ユファテスからすればまだまだ良心的な部類だと思う。

「だから私、リズベルのこと嫌いじゃないです。なにより、リズベルは魔力持ちなのに、魔力のない私を差別しませんでした。どうしてそうしなかったんです？」

魔法至上主義国家の王女が魔力なしだなんて、嫌がらせのいい材料《ネタ》になったはずだ。魔力を持つ彼女にとって、ユファテスが魔力なしであるのは一目瞭然だっただろう。それでも彼女はひと言も魔力について触れてこなかった。

迷子の子どものように、リズベルが頼りなさげに瞳を揺らす。

こんな彼女は初めて見た。もしかすると、リズベルにとっても〝魔力〟は触れられたくない弱い部分なのかもしれない。

互いに互いの腕を掴んだままだった手に、リズベルが縋るように力を入れてくる。

「だって、私も、魔力が弱いって、見捨てられたから」

こんなに近距離にいるのに、耳を澄まさないと聞こえないほどの声量だった。

「だって私は、あの家で、落ちこぼれだったから……っ」

石畳に、ぼたぼたと濃い染みができていく。

「自分が傷ついたから、私にも言わないでくれたんですね」

「……っ。魔力だけが私じゃないもの。ピアノの腕はプロ並みだし、服のセンスはいいし、宝石なら真贋鑑定だってできるほど好きだし！　私にはちゃんとそれ以外の魅力があるもの！　エルヴィーナ様が、認めてくださったもの……！」

なのに、そのエルヴィーナに見限られてしまったと彼女が嘆く。

独断でしていた嫌がらせがエルヴィーナにバレてしまい、それを怒られたそうだ。がっかりしたと告げられ、今後神殿に足を踏み入れることを禁じられた。

告げられた直後は事態が呑み込めずに呆然としていたらしいが、だんだん裏切られた気持ちが強くなり、膨れ上がった怒りの感情のまま禁じられた神殿へ強襲をかけたというのが事件の真相らしい。

裏切り者というのは、エルヴィーナに向けられたものだったのだ。

とにかくあの時の自分は感情の制御がまったく効かなかったのだと、彼女は懺悔した。

「私はただ、エルヴィーナ様に幸せになってほしかったのよ。私をデンプシー家の令嬢として見ないあの方に救われたから、今度は私が力になりたかったの」

「ええ。リズベルはずっとそうでしたもんね」

掴んでいたユファテスの腕を、彼女がそっと放す。

「……皇都で流行ってる、聖女と王子の物語のこと、知ってる？」

「物語ですか？　エルヴィーナ様と陛下の噂ではなく？」

後ろにいるディランがぴくりと反応する。

「違うわ。単なる物語よ。吟遊詩人が歌った恋の物語。身分差の恋に悩むふたりに、さらに困難が降りかかるの。嫉妬した魔女の呪いという困難。王子は醜い獣に姿を変えられ、それでも愛し合うふたりの強い想いが呪いに打ち勝って、最後は王子の呪いを解いた功績で身分差も乗り越えて結婚するわ。幸せな物語。少し前から流行ったそれに、私、エルヴィーナ様を重ねてたの。聖女が出てくるしね。だからそんな風に、あの方にも幸せになってほしかったのよ」

背後でディランとジェイスの空気が変わった。それは感じ取れたのだが、その理由まではわからない。

すると、ずっと沈黙を保っていたジェイスが口を挟んだ。

「その物語、君は誰から聞いたのかな？」

「……エルヴィーナ様だけど。現実でもこんな風になったら素敵よねって、女同士の恋バナよ。なにか文句でも？」

「いや、ありがとう」

リズベルは納得のいっていない表情をしているが、ユファテスにも彼の意図はわからない。そんなことを聞いてどうするのだろう。

後で訊ねればいいかと決めて、今はリズベルに向き直った。

「ちなみに今も、同じように思ってますか？」

「思ってたって、もう私はエルヴィーナ様に捨てられたもの。こんな私に応援されたって、エルヴィーナ様のご迷惑になるだけだわ」

「なるほど。じゃあ、私が拾ってもいいですか？」

「「……はっ？」」

これにはユファテス以外の声が見事に揃った。

「だって、リズベルは本当はエルヴィーナ様に仕えていて、一時的に私の侍女になってたんですよね？　でももうエルヴィーナ様のもとには戻れない。なら、私のところに来ませんか？　私が〝皇妃〟でいられる期間だけですけど、せっかくの縁ですし」

「な、に……なに言ってんの⁉」

なぜか後ろのふたりからもリズベルと同様に反対の圧をかけられる。ディランに至っては正体を知られないために声を出せないのはわかるけれど、無言の圧力の方が強いというのもどうなのだろうと苦笑した。

「私は処刑されるのよ！　無理に決まってるでしょ！」

「されませんよ。リズベルは処刑なんてされません」

耐えかねたらしいディランの手が肩を掴んでくる。半身だけ振り返ると、フードで隠されて見えないのも気にせず、ユファテスは相手の瞳を貫くつもりでまっすぐ見上げた。

「この国の皇帝陛下は正しい人《フェア》です。誰も殺していない人を処刑するような法を定めてはいません。悪戯に人を長期間刑に服するような法を定めてはいません。――そうですよね？」

ニッと口角を上げて、ユファテスは両手を広げてみせた。

あの時リズベルが傷つけたのは、ユファテスただひとりだ。

そしてそのユファテスは軽傷である。軽傷だと、ユファテスは言い張るつもりだ。

実際、今のユファテスを見れば誰も重傷だったなんて信じないだろう。事件の起きた日から計算して、重傷者がこれほど早く回復するわけがないのだから。

つまり、聖力なんて考慮できない法の抜け穴を、ある意味でついたことになる。

それにリズベルには、ユファテスに対する殺意なんてなかった。それはここでディランも一緒に聞いていたのだから嘘ではないとわかるはずだ。

「真っ白な無罪はさすがに無理ですけど……待ってますから。今度は私と恋バナ、してくださいね」

そうお願いしてみたら、リズベルが顔を真っ赤にして閉口した。それが怒りから来るものなのか、喜びから来るものなのか、はたまたどちらでもない感情から来るものなのか、ユファテスにはわからない。

なんとも複雑な表情を見せるリズベルだったが、最後、ユファテスたちが立ち去ろうとした時、ぽそっと「今までごめんなさい。ありがとう」という涙声が聞こえた。

だから大丈夫だと思った。誰かに裏切られ絶望していた彼女が心配だったけれど、これならもう、大丈夫だと。

地下牢から外に出ると、ぬるい風が頬を撫でた。

あの暗くじめっとした場所とは正反対の、澄んだ青空と眩しい日差しが広がっている。

「ユファテス」

周囲に人がいないのを確認したディランが、ユファテスを追いかけるように話しかけてきた。

「君はいつも俺の想像を越えてくる。リズベル・デンプシーに会ってなにをするのかと思えば、まさか彼女の心を救うとは」

「？　私はリズベルを救ってはいませんよ。ただ、私の見てきたリズベルを信じただけです。……いえ、信じたかっただけなのかもしれません。ですから、私の我儘に付き合っていただきありがとうございました」

「………………」

太陽の下だと、すぐ近くで彼を見上げればフードの下の表情もよく見えた。

彼は存外、真剣な目をしていて。

「嫌がらせのくだり、あれは君の経験談か？」

静かに問われる。

さっき笑ってごまかしたはずなのに、彼はごまかされてくれなかったようだ。

今度は困ったように微笑む。ごまかすためではなく、これ以上深く突っ込まれないよう防壁を築くために。

すると、気付けば彼の大きな身体にすっぽりと包まれていた。

「わかった。悪かった。それについてはもう聞かない。でも知っててくれ。人に水をかけるのも、主人を部屋から追い出すのも、普通はやっていいことじゃない。こういうのは程度の問題でもない。君は怒っていい。もっと自分を大切にしていい。大切にすることを、諦めなくていいんだ。ひとりで抱えずに俺を頼ってくれ。俺は君の夫だろう?」

「……………夫」

「間が長いぞ、ユファテス。呪いが解ける可能性がある限り、離縁はしないって言ってるよな?」

ディランがあまりにも不安そうにこぼすものだから、ユファテスはつい吹き出してしまった。

特にいじめるつもりはなかったのだが。

「陛下、ありがとうございます。私は大丈夫ですから、放してください」

いくら元気づけるためとはいえ、外でずっと抱きしめられたままというのも気恥ずかしくてお願いすると、ディランが少しだけ残念そうに離れていった。

「でも妃殿下、なかなかファインプレーでしたよ」

タイミングを見計らったようにジェイスが横から話しかけてくる。

心当たりがなくて小首を傾げた。

「ファインプレー、ですか?」

「はい。デンプシー嬢の言っていた物語、あれが気になります」

同感だ、とディランも頷く。

「呪いで醜い獣に変えられた王子というのが引っかかる。彼女は『単なる物語』だと言っていた。なら御伽噺ではない。そうすると吟遊詩人の創作になるんだろうが、創作にしては今の状況に似すぎている」

「ですね。古今東西、世界中の創作の中で『呪い』が出てくるものは聞いたことがありません。これは一種の忌避的行動だと言われています。現実に呪いは存在していて、人を呪える人間がいるせいですね。まあ、たとえそれを恐れずに創作したとして、あれだけ文献を探しても『獣化の呪い』に関するものは見つからなかったのに、このタイミングで同じ呪いが出てくるのはさすがに怪しいです」

ディランが同意するように相槌を打つ。

「その物語、調べてみる価値はありそうだな」

さっそく手がかりになりそうな吟遊詩人を当たってみますと告げるジェイスの声を聞きながら、ユファテスはしばし黙考する。

ユファテスもなにかが引っかかっていた。それは地下牢でリズベルの話を聞いてからだ。本当に小さな違和感だ。特におかしいわけではないけれど、意外だと思ったことがある。

うーんと頭を悩ませるが、この時は結局思い出せなかった。

その後は、予定していた作戦のため、ユファテスはキッチンにて忙しなく走り回る羽目になった。

第八章　冷徹帝の呪いが解けたら

事態が急展開を迎えたのは、その日の夜――作戦を決行した夜のことである。

とっぷりと闇に浸かる空の下、ユファテスはジェイスと共に走っていた。薄手のワンピースに汗が滲む。

ジェイスがユファテスの部屋に飛び込んできたのは、今から少し前のことだ。

『妃殿下！　大変です、一緒に来てください！』

彼は唖然とするユファテスの手を掴むと、返事をする前に連れ出した。そうして走りながら状況を説明してくれた彼曰く、作戦が成功したかもしれないという。

作戦の詳細は次の通りだ。

ユファテスが皇宮の夕食に出すメニューのひとつを作り、そこに聖力を込める。

夕食時には、聖力に拒絶反応を示す者がいないか、見張り役を忍ばせた。なお、この見張り役はユファテスのお菓子を食べたことのある兵士たちが任命されている。

そうして拒絶反応を起こした者がいれば、その場ですぐに拘束する手筈となっていた。

だから夕食時、作戦を知る者の緊張感はピークを迎えていたのだ。

ちなみにこの作戦は、回数を分けて行う計画だった。なにせ人数が多すぎて全員を見張るのは難しいと判断されたからだ。そこでまずは、住み込みで働いている者だけに的を絞れる夕食時に決行したというわけである。

だから今夜に結果が出なくても、また明日があるからと、ドキドキしていたところにジェイスがやってきたという次第だ。

「それでジェイス、今はどこに向かってるんですか⁉」

導くように先を走る彼の背中に、ユファテスも必死に走りながら問いかけた。

「神殿です！」

「神殿⁉　そこに拒絶反応を出した人が⁉」

「ええ。聞いて驚かないでくださいね。拒絶反応を起こしたのは——聖女エルヴィーナ様です」

息を呑む。驚きすぎてどんな声も喉から出てこなかった。

そんなユファテスを知ってか知らずか、ジェイスが続ける。

「とにかく先に陛下が行ってます。私たちも急ぎましょう！」

やがて辿り着いたのは、すでに一度足を踏み入れたことのある応接間だった。前回ここに来たのは結婚式の翌日だ。

あの時は暴走した馬《エリー》を助けて、結果的にエルヴィーナも助けたため、お礼にとお茶のお誘いを受けた。

しかしそこには先客がおり、しかもそれは初夜をすっぽかした夫だった——。

ジェイスに続いて応接間に足を踏み入れると、あの日を再現するようにマントを身につけたディランがすでに中にいた。

ただ、フードの外れた頭には、あの日にはなかった狼の耳が隠されずにピンと立っている。

他にも、あの日と違う点がある。

まったく状況についていけていない混乱ぶりを見せているのは、エルヴィーナの侍女たちだ。ディランが明らかに〝人〟とは違う姿を晒していても、今はそれよりも恐ろしい形相をするエルヴィーナの方に意識が向いているらしい。

そのエルヴィーナは、苦しそうに胸を押さえていた。呼吸も荒く、到着したユファテスを視界に入れた途端、いつも柔らかい笑みを形作っていた彼女の目がギロリと睨んでくる。

「ユファテス・ヴァーテミリオン……！　そう、そういうこと。まさかあなたが聖力の持ち主だったなんて。最初から最後まで邪魔な女ね！」

今まで会ってきたエルヴィーナとの差に面食らったのは、少しの間だけだった。

ユファテスは地下牢の時から引っかかっていた違和感の正体に、ここでようやく気付く。

それと同時に、心がすうっと冷えていった。

おかげですぐに冷静さを取り戻し、一歩一歩踏みしめるように近付いていく。

「エルヴィーナ様。私も驚いています。まさかエルヴィーナ様に拒絶反応が出たんですから。でも私、リズベルの話を聞いた時から変だなとは思ってたんです」

ディランの隣まで行くと足を止めて、身体から黒いモヤを滲ませるエルヴィーナと対峙する。

「エルヴィーナ様は〝聖女〟の称号に相応しい、とても優しい方だと感じていました。他の方々もみんな、誇らしげにそう話していました。でも、本当にそうなら、そんな方がお見舞いに行った場で、病人に追い打ちをかけるように過ちを追及し、神殿への立ち入りを禁じるでしょうか？　それがどうしても引っかかっていたんです。少なくとも私なら日を改めます」

そう、それが違和感として残っていた。

理想と現実の小さな乖離。聖女のエルヴィーナならきっとこうするという理想と、現実に彼女がリズベルにした仕打ち。

見逃されてもおかしくない齟齬だけれど、こうして考えると致命的なものだ。

「今思うと、まるであの日でなければいけなかったような様子が、他にもあなたの行動の中にはあります」

あの日のエルヴィーナは、リズベルの見舞いに来たと言いながらなにも持っていなかった。彼女なら花のひとつでも持ってきそうなのに。

それに、リズベルを大切な友人と言うわりには、見舞いに来るのが遅いとも思う。たとえ忙しかったのだとしても、忙しかったなら、見舞いではなく治癒に来るべきだった。他の病人を治したように。

そして鉢合わせた彼女は、なぜか少しだけ息が乱れていた。

どれも些細な引っかかりだ。小さな違和感。

けれど、他が完璧な理想の聖女だった分、些細な綻びが今、大きな矛盾となる。

「全部、演技だったんですか？」

「……うふっ。ふふふふふっ。あはっ」

——そうよ？と彼女が艶めかしく嗤《わら》った。

「あの日は大変だったのよ？　ずっと邪魔者《あなた》をどう穏便に排除するか悩んでいたけれど、あなた、すっごく大切に守られてるんだもの。特に皇帝の腹心、ジェイス・オールド。彼がいる時は手が出せなくて困ったわ。そうしたらあの日、ようやく彼の手元を離れてあなたが皇族専用区域外に出てきてくれたのよ。そのチャンスをみすみす逃《そ》す《と》わけにはいかないでしょう？」

姿は変わらないはずなのに、まるで蛇が脱皮するように聖女の皮が剥がれていく。

中から現れたエルヴィーナの姿をしたものは、『聖女エルヴィーナ』とは正反対の禍々しさを放っていた。

同じ見た目をしていても中身が変わるとこうも印象が変わるものなのかと、言葉を失う。彼女を慕っていたはずの侍女たちでさえ、今の彼女には怯えを見せて部屋の隅に逃げている。

隣にいたディランが、ユファテスを守るように一歩前に出た。

「なぜ彼女を——ユファテスを狙った？」

エルヴィーナが鷹揚に答える。

「〝皇妃〟だからですわ、皇帝陛下」

その意味を図りかねて、ディランが眉根を寄せた。

「私はあなたの皇妃になりたかった。あなたのような公明正大で美しい男を、闇に堕としたかった！　私はね、自制心が強い男ほど堕として溺れさせるのが好きなの。ゆっくり、優しく理性を剥がしてあげて、徐々に自分の持つ本当の欲望を見せつけてあげて、やがてその欲に溺れて破滅していく様を眺めるのがたまらなく好きなの！」

「まるで悪魔のようだな」

ディランが呟くと、エルヴィーナはにんまりと口元で弧を描いた。

「そう、悪魔。己の欲望に忠実で、人を闇に堕とすことに快感を覚える種族——。食事に聖力《こんなもの》を仕込んだのだから、私の正体はわかっているのでしょう？　闇魔法使いの性質は限りなく悪魔に近いのよ。だからこそ、人の身で悪魔の力を借りられる」

今さら隠す気はないのか、エルヴィーナは堂々と明かした。

「ひと目惚れだったわ。戦場で他人の血に染まるあなたは誰より穢れていてもおかしくないのに、誰より綺麗だった。それを穢したくてたまらない衝動が湧いたの」

彼女が恍惚として頬を染める。

そうしてディランを手に入れるために、彼女は長期的な計画を練ることにしたそうだ。曰く、手塩にかけて堕とした方が、堕とした時の悦びを最大限に味わえるからだそうだ。

彼女の作戦は、トレオール戦線での活躍から始まっていた。

「闇魔法における〝呪い〟というのはね、活用次第では便利なのよ。身体を呪えば呪った箇所は動かせなくなるし、私ほどの使い手なら少しとはいえ心にも影響を及ぼせる。たとえば相手の気分を悪くさせたり、怒りの感情を増幅させたり、ね」

そこでユファテスはハッとした。そういえば魔力の暴走を起こしたリズベルは、あの時感情のコントロールがまったくできなかったと話している。もしあの時のリズベルから漏れ出ていた〝黒いモヤ〟が闇魔法の痕跡だったなら、色々と辻褄が合う。

「じゃあもしかして、あのお見舞いの日、わざとリズベルを怒らせて、その感情を闇魔法で増幅させた、ということでしょうか」

ユファテスの問いに、エルヴィーナは答えなかった。

けれど意味深長に引き上げられた口角が、その答えのような気がした。

「呪いを解けるのは私だけ。誰も私の自作自演だとは気付かずに、おもしろいくらい簡単に〝聖女〟になれたわ。そして今度は愛しいあなたを呪った。醜い獣に姿を変えられるたび、あなたがどれほど苦悩しているのかと想像して興奮したわ。そうやって獣に変えられていく恐怖と、孤独と、絶望を心の内で煮詰めたあなたが、用意した〝希望〟に縋って私を頼ってくれれば計画はほぼ完遂したも同然だったのよ。なのに――っ」

ギロリと睨まれて、ユファテスは肩を揺らした。ディランへ向けるものとの差が激しすぎる。

「なのにまさか、下準備をしている間にディランが結婚するなんて思いもしなかった。そんな素振り、今まで一度もなかったのに！」

それはおそらく、ディランにとっても予定外の結婚だったからだろう。

彼はこれまで何度も周囲からかけられる結婚の圧力を跳ね返してきたと聞いている。しかしあまりにも耳障りになってきたため、貴族の裏をかいて他国の王女であるユファテスを迎えた。

つまるところ、彼自身もこんなに早く自分が結婚する予定ではなかったのだ。

「私がなんのために時間をかけたと思ってるの？　なんのために回りくどいやり方を選んだと思ってるの？　すべてはディランを手中にし、ふたりでこの国を闇に染めて永遠に幸せな日々を送るためだったのよ！　この国がじわじわと崩壊していく様をふたりで楽しむためだったのよ！」

リズベルが話していた『聖女と王子の物語』は、なんとエルヴィーナが広めたものだったらしい。

金銭で雇った吟遊詩人や使用人を利用して流した物語は、いずれディランの耳に入ることを前提としたものだった。その物語の不自然な点に、彼なら勘付くという確信がエルヴィーナにはあったのだと。

事実、彼はすぐに気付いた。

そうして、物語の中で呪いを解いた『聖女』と同じ立場のエルヴィーナに希望を見出し、助けを求めてくるはずだと踏んでいた。そのためにエルヴィーナは、物語という虚構の中に真実も混ぜ込んでいたという。

まったくの嘘ばかりでは、ディランにそれさえ見抜かれてしまう可能性があったから。

彼が自ら縋ってくれないと意味がないエルヴィーナにとって、そう仕向けるための工夫が物語の中にはちりばめられていたのだ。

聞けば聞くほど手の込んだ作戦だと思う。苦労して手に入れたものほど感動も一入《ひとしお》だというのは、ユファテスにも理解できる感情である。

途中まで順調にいっていたそれを、エルヴィーナはユファテスが狂わせたという。

「私の男を奪ったあげく、まさか聖力まで持ってるなんて計算外よ。でも、嫌な予感はしていたわ。最近よく耳にするようになったもの。怪我や病を癒やしたわけでもないくせに、聖女のようだと噂されているあなたをね。だから誰が本当の〝聖女〟かわからせるために、皇宮にも呪いを振りまいてやったのよ」

「まさか、それがあの風邪か！」

「そうよ、ディラン。私に従順そうな子だけ癒やしてあげたわ。また少しずつ私の名声が戻りつつあったのに——そこでも邪魔をしてきたのよ、おまえは！」

はあっ、とエルヴィーナが強く息を吐き出した。聖力が体内に混ざり込んだことによる苦しみを、なんとか外に逃がそうとしているのだろう。

「もう我慢の限界だった！　ディランは私のアプローチにまったく靡かないし、いい加減イライラしてたのよ！」

「もしかして、だからリズベルを？」

使・っ・た、のだろうか。

肯定するように、彼女がゆったりと微笑んだ。

「リズベルだけじゃないわ。リズベルと、ディラン。両方をけしかけたの。リズベルがどれほど私に心酔していたかは知っていたから、私に裏切られたあの子は、闇魔法の相乗効果で必ず復讐してくると踏んでいた。そこにディランが鉢合わせたら、ディランは迷わず私を助けてくれるでしょう？　あなたの目の前で、ディランは私を選んでくれるはずだったの。あなたはそれを見て、屈辱に泣くはずだったの。なのに、なんで王族の女が戦えるのよ！」

「そんな……そんな、ことでっ？」

「そんなこと？」

エルヴィーナが眉をひそめた。

「そんなことで、リズベルをあんな目に遭わせたんですか⁉」

自分を慕ってくれた相手を、裏切り、利用して、要らなくなったら簡単に捨てて。

捨てられた方がどんなに傷つくかも考えないで。

「あはっ。あはは！　そんなの知らないわよ！　私は目的のためなら、欲しいもののためなら、他人がどうなろうとどうでもいいわ。むしろ感謝してほしいくらいよ。だってそうでしょう？　怪我や病から解放してあげたのは誰？　一時でも私に仕えられて嬉しかったわよね？　ねえ、ほら、そうでしょ⁉」

隅で身を寄せ合っていた侍女たちが短い悲鳴をあげた。

「怪我も病もあなたの自作自演じゃないですか！　あなたが呪わなければ、誰も苦しまなかったんです！」

こんなに腸が煮え返る思いは初めてかもしれない。ユファテスは奥歯を噛みしめた。

リズベルも、エルヴィーナの侍女たちも、ただエルヴィーナを慕っていただけなのに。それをこんな風に利用して、悪びれることなく嗤っている。

こんな人が、世の中にいるなんて。

「ふうん。誰も苦しまなかった、ねぇ？　つまり、自分も苦しまずに済んだのに――って？」

「どういう意味ですか」

エルヴィーナがやけに高く口角を吊り上げた。

それを見て、なぜだか心が騒つき始める。

「惚けるの？　私はそれでもいいわよ？　代わりに私がしゃべっちゃうから。あなた、ディランが好きなのでしょう？」

その瞬間、呼吸が止まった。

隣にいるディランが勢いよくユファテスを振り返ったのが視界の端に映る。

「だってお茶会の時、あなたってばちゃっかりと傷ついた顔してるんだもの。私にディランを取られるかもしれないって、焦ってたでしょう？」

「なっ、なに、言って……っ」

「そんなあなたにいいことを教えてあげるわ。呪いを解く方法よ」

「「⁉」」

これにはユファテスもディランもジェイスも、エルヴィーナに注目する。

呪いの解呪方法はふたつ。呪いをかけた闇魔法使いを消すか、もしくはその闇魔法使いが設定した条件をクリアするか。

できれば後者の方法で解きたいところだが、素直に吐いてくれるとは思えなかった。

けれど、まさか本当に教えてくれるというのだろうか。

「解呪方法は簡単――〝キス〟よ」

エルヴィーナが人差し指で自分の唇をなぞる。

「御伽噺では、王子様とお姫様のキスが大団円の証でしょう？　私はね、これでも穏便にディランを手に入れようとしてあげたのよ。邪魔さえ入らなければね。邪魔さえなければ、皇宮の人間が病《のろい》に苦しむ必要もなかったし、リズベルが裏切られることもなかったの。監視役としての役目を終えて、また何事もなく尊敬する私に仕えられたでしょうね。そして私が流した物語のように、ふたりの愛のキスで呪いを解き、誰もが羨む身分差の結婚をして、闇に染まった世界で末永く幸せに暮らすだけだったの。知ってる？　闇しかない世界なら、誰も苦しまないのよ。光があるから人は苦しむの。要するに、あなたがみんなを苦しませた張本人なのよ。あなたが邪魔をして、希望なんて見せなければ、ディランだって私に恋をして呪いも解けて、苦しまずに私のものになれたのよ」

どこまでも身勝手な意見だと、頭ではわかっている。

わかっているけれど、エルヴィーナの言い分を正しく感じてしまう自分が絶対にいないとも言い切れない。

だってユファテスが邪魔をしなければ、確かに風邪《のろい》で苦しむ人はいなかった。

だってユファテスが邪魔をしなければ、確かにリズベルがあんな目に遭う必要もなかった。

ディランの呪いも、すでに解けていたかもしれない。

（私……私が、私の、せいでっ……？）

反論の言葉が口から出てこない。

いつだってそうだった。いつだって自分のせいで誰かに迷惑をかけていた。

両親からは、おまえのせいで王家の歴史に泥を塗られたと責められ。

きょうだいからは、おまえのせいで家臣から馬鹿にされるのだと罵られ。

その家臣からは、あなたのせいで国民が不安がるのだと教えられた。

なにをしても、なにを頑張っても、認められない。

無意識にディランから距離を取ろうとして、後ずさりした時。

「なあジェイス、俺はそろそろ笑っていい頃合いか？」

「いいんじゃないですかね。私はそろそろ剣を抜いても？」

「それは待て。あまりユファテスに血を見せたくない」

場にそぐわないふたりの会話に、エルヴィーナは怪訝そうな顔をして、ユファテスは戸惑いの瞳を向けた。

その視線に気付いたらしいディランが、離れようとしたユファテスの腰を引き寄せる。

「なにを勘違いしているのか知らないが、ユファテスがいてもいなくても、俺がおまえに惚れることはなかっただろう。そもそも惚れていれば身分差などなくさっさと妻にしている」

「そうですよ、偽聖女様。陛下はどう見ても強引な方でしょ？　本気で惚れた相手なら周囲を黙らせるくらい簡単にやりますよ」

「要するに、もともとエルヴィーナになにを思ったこともないんだよ、俺は」

「っ……ディラン、私にそんな口を利いていいのかしら？　呪いを解きたいのでしょう？」

「それは当然だ。だが、忘れてないか？　俺がどんな皇帝か。冷徹帝と呼ばれる男だぞ。闇魔法使いの正体がわかった今、おまえを殺す方法で呪いを解くとなぜ思わない？」

そう言った彼からは、身も心も凍えさせるような殺気が溢れ出ていた。

冗談ではなく本気で言っている。それはエルヴィーナも感じ取ったらしい。初めて彼女の瞳に怯えが宿った。

「全部逆なんだよ。ユファテスのせいじゃない。ユファテスがいたからおまえの悪事を暴けた。ユファテスがいたからリズベル・デンプシーは自分を本当に大切にしてくれる人間と巡り会えた。ユファテスがいたから、ここの奴らは今日も元気に働いている。そして——」

その時、ふっと顔に影が落ちてきた。

と思ったら、頬にディランの右手が添えられて、互いの吐息が触れ合いそうなほど顔を近付けられる。

彼の金色の瞳に、間抜けにも固まっている自分が映っていた。

どんどん近付く距離に、咄嗟に目を瞑ってしまう。

すると、囁く声で。

「……俺は愛してるよ、ユファテス」

確かに聞こえた言葉に、瞑っていた目を思わず開けた。

視界いっぱいに彼の顔が広がっていて、全然ピントが合わなくて、近すぎる距離にも、自分の唇に感じる熱と柔らかさにも、声が出ないほど驚愕する。

遅れてやってきた緊張が、繋がる唇を震えさせた。

それが伝わったのか、角度を変えて、宥めるように少しだけ強く唇を押しつけられる。

自分でも気付かないうちに止めていた呼吸が苦しくなってきて、助けを求めるように頬に添えられた彼の手を叩くと、目の前の彼が突然淡く光り出した。

自然と唇は離れ、温かみのあるオレンジ色の光に包まれる彼を呆然と見つめる。

なにが起こっているのだろう。ユファテスは動揺を隠せない。

ディランも少なからず驚いてはいるようだけれど、ユファテスよりは落ち着いている。

なぜか感心したように小さく拍手しているジェイスと対照的だったのは、エルヴィーナだ。

今にも歯ぎしりの音が聞こえてきそうなくらいユファテスを睨んでいる。

その光がなんだったのか、やがてユファテスにも理解できた。

光が空中に溶けて消えていくのと同時に、ディランの頭にあった狼の耳も消えていく。

彼が確認のために脱いだマントの下には、ふさふさの尻尾もなくなっていた。

――呪いが、解けたのだ。

それを確認したディランが、嬉しそうに破顔しながらユファテスを抱きしめてきた。

「ああ、ユファテス！　本当にそうだったのか。こんなに嬉しいことはない！」

「あ、あの、なにがなんだかよくわからないんですがっ。なんで呪いが……そ、それに、今、く、唇が、あああ、当たっ、当たって……!?」

「ああ、キスしたな」

「キ……⁉」

ボンッと顔から蒸気が噴き出た。そんなユファテスの背中を、ディランがリズムよく撫でてくる。大丈夫だから落ち着けと言われているみたいだ。

彼の手のリズムに合わせて呼吸を整えていくと、本当に心が安定していくのだから不思議だ。まるで魔法の手のようだ。

「す、すみません。ありがとうございます、陛下。とりあえず、なにはともあれ、呪いが解けたのはよかったです」

羞恥心を必死に抑えて祝うと、彼がきょとんとした後、すぐに困ったように笑った。

「違う。そこも確かに嬉しくはあるが……もしかして、呪いが解けた意味をわかっていないのか？」

「え？」

解けた意味？と聞き返そうとした時、エルヴィーナの怒声が耳をつんざいた。

「なんで！　なんでなのよ！　なんでぇっ！」

「なんでって、まさか自分で設定した条件も理解できてなかったのか？」

「私との〝キス〟が条件だったはずよ！　私たちの物語を盛り上げるために！」

「そう、条件は〝キス〟だ。さっき言ってたよな、愛のキスって。話を聞いていて、おまえがプライドの高い女だとわかった。なら、自分だけ俺に惚れている状況は嫌だったんだろ？　だから〝恋〟物語にしたんだ。ふたりの想いが通じる大団円に。その証として、呪いを解くための条件を愛のキスにした。つまり、互いが想い合ってないと解けないようにした」

「そうよ。呪いを解きたいがために言葉を繕っても見抜けるように、互い、の……──」

エルヴィーナがハッと目を瞠る。ディランの言葉の意味にようやく辿り着いたのか、どんどん顔から血の気が引いていく。

逆にユファテスは、同じくディランの言っている意味を理解して、どんどん顔を真っ赤に染めていった。

「間抜けだな。自分中心にしか物事を考えられないのが仇になったらしい。俺の呪いを解くのは自分しかいない。俺が恋をするのは自分しかいない。だから『誰』の部分を設定し忘れたわけだ。その失態が、言い換えれば呪いを解く条件を『想い合うふたりのキス』にした」

「ま、待って、ください。じゃあ今、解けたって、ことは……」

恥ずかしさのあまり俯いていた顔を、ディランが無理やり上向かせてくる。

直視できないほど蕩けた瞳に見つめられた。

「だから言っただろう？　こんなに嬉しいことはないって。言葉でももちろん聞きたいが、言葉より確かな愛を君からもらえたんだ。──逆に、疑いようのない俺の愛も、君に伝えられた」

おでこ同士をこつんと合わせられて、顔から火を噴いた。

自分の想いがバレてしまったという気持ちが先に来たけれど、呪いが解けたというのは、要はそういうことなのだ。

(へ、陛下も、私をっ……?)

信じられない。信じられないけれど、彼の言う通り言葉以上に確かなもので証明されている。

ディランは顔を離すと、エルヴィーナに向けて挑発的に目を細めた。

「ある意味感謝しよう、エルヴィーナ。生い立ちのせいとはいえ、ユファテスは自分に向けられる好意に懐疑的なところがありそうだったから、どうやって信じてもらおうか考えていたところだったんだ。無事に呪いも解けたし、これからは思う存分彼女に愛を伝えられる」

彼が言い終わらないうちに、エルヴィーナが言葉にならない怒りを叫んだ。それに呼応するように彼女の周りに黒いモヤが集まっていく。

エルヴィーナがなにかしようとしているのは明らかで、先手を打つためにジェイスが彼女の背後を取った。

流れるように手刀を繰り出そうとしたジェイスだったが、モヤが彼を襲うように膨れ上がる。

「ジェイス!」

助けようと伸ばしたユファテスの手は、ディランに止められる。

代わりにディランがジェイスを助けようとして、エルヴィーナの間合いに突っ込もうとしたが、こちらにもモヤが襲いかかる。

まるで意思を持っているようにふたりを搦め捕ろうとするそれに、ユファテスたちは為す術がない。

「あははは っ。うふふ。もうこのまま私のものにしちゃおうかしら。自ら堕ちてほしかったけれど、他に奪われるのは一番おもしろくないのよね！」

「くっ」

「なんだこれ、掴めねぇ！　無事ですか陛下!?」

苦戦するふたりを前にして、なにもできない自分への焦りと怒りで頭がいっぱいになる。

このままではふたりが危ない。このままではディランを取られる。彼を呪い、自分を慕ってくれた人を利用し、国まで自分の欲望のためだけに乗っ取ろうとしたエルヴィーナを、みすみす逃がしてしまう。

（ダメ……嫌っ。もう誰も、こんな勝手な人に傷つけさせたくありません！）

だから。

「――……っげんに」

腹の底に力を入れた。

「いい加減にっ、しなさーーーーいッ!!」

刹那、黒いモヤから青い火花が散る。

最初はひとつだったそれが、だんだんと増えていく。

火花はすぐに炎になり、けれど熱を伴わず、ただただ黒いモヤだけを燃やしていく。見る見るうちにすべてのモヤを焼き払った青い炎は、最後のモヤと共に派手に宙に消えた。

対峙するエルヴィーナが、畏れと驚愕に染まった瞳でユファテスを見返す。

「なんで……それ……初代聖女と同じ、瑠璃色《ラピスラズリ》の瞳っ。なんであなたが、それを⁉」

「もう、いい加減にしてください。無理やり誰かを自分のものにしようなんて、もうやめてください。陛下が好きなら、なんで苦しませるんですか。自分を慕ってくれる人に、どうしてあんなひどい仕打ちができるんですかっ。はっきり言って贅沢です！　人に嫌われる人生しか送ってこなかった私からすれば、羨ましいくらいです！　なのになんでそんな、自分から裏切るような真似をするんですか⁉」

不思議な気分だった。身体の内側から力が漲ってくるような。

頭は冴えている。でも心は熱くて、自分じゃないみたいな感覚だ。

瞳に力を込めて相手を見やれば、エルヴィーナの右腕からボッと青い炎が上がった。

「嫌っ、なにこれ、嫌あ……っ」

エルヴィーナの悲鳴が聞こえているはずなのに、聞こえない。

心の熱が自分の意思に関係なく広がっていき、自分でも止められない。

今度はエルヴィーナの左腕に炎が現れた。

「私も、嬉しかったのに。初めて食事に誘ってもらえた時、嬉しかったんです。——でも」

ボボッ。連続して青い炎がエルヴィーナを襲う。

「きゃあああ！」

止めなきゃと頭の片隅で思っているはずなのに、止め方がわからない。

(怖い。なんで。どうなってるんですかこれっ)

内心では恐慌に陥っているのに、口からは冷静な怒りが飛んでいく。

「でも、誰も大切にできないエルヴィーナ様に、陛下は絶対に渡しません！」

ついに青い炎がエルヴィーナの全身を包んだ。

(ダメっ、待って、それ以上は望んでないのに！)

力が暴走している。どうすればいいのかわからない。

自分の身体なのに、自分のものではないみたいに思い通りに動かせない。

「いやあああっ。熱い、熱い！　お願い、殺さないで……！」

同じように青い炎に包まれたディランやジェイスと違い、エルヴィーナは青い炎に熱さを感じているようだ。

まるで浄化の炎のようである。闇を祓う、清らかな炎。

けれど、必要以上にエルヴィーナを苦しめたいわけでもない。

(どうしよう、どうすれば止まるんですか。やだ、やめて、やめて……！)

心の中のユファテスは混乱しているのに、エルヴィーナへ右手を突き出すユファテスはまったく動じていない。

そんなユファテスを、ディランが呆然と凝視している。

(陛下、助けて……助けて陛下っ……!)

必死の祈りが届いたのか、ディランが弾かれたようにユファテスの右手を掴んだ。

エルヴィーナに向いていたそれが外れたことにより、燃え上がっていた青い炎が徐々に鎮まっていく。

その時、呪縛から解放されたようにユファテスの身体から力が抜けた。

そのまま膝から頽れそうになったところを、ディランが寸前で支えてくれる。

「おいっ、大丈夫か!」

「す、すみません……」

お礼を言おうとしたけれど、彼が先に口を開いた。

「瞳の色が戻ってる。やはり今のは、君が……?」

エルヴィーナは力なく床に膝をついていた。赤い炎で焼かれたような火傷は見当たらないが、精気を奪われたように脱力している。

そんな彼女の両腕をジェイスが拘束した。

「私、自分でも、よくわからなくて。全然っ、止められなくて……ごめっ、なさ……っ」

瞳から涙が溢れてくる。怖かった。自分の意思では止められない大きな力が、とにかく怖くて仕方なかった。

縋るように伸ばした両手を、ディランが迷わず受け止めてくれる。

覚えのある温もりにすっぽりと包まれて、胸の内に大きな安堵が広がっていく。

「大丈夫……もう大丈夫だ。君が謝ることなんてなにもない。よくやった。よく頑張ったな、ユファテス」

そうしてユファテスが落ち着くまで、彼はずっと頭を撫で続けてくれていた。

エピローグ

『――号外！　聖女エルヴィーナは闇魔法使いだった⁉』

そんな見出しがでかでかと書かれた新聞記事は、皇都であっという間に売り切れたという。

エルヴィーナが起こした一連の事件は、初めて大きな力を使ったせいで気絶するように眠りこけていた間に、ディランたちによって粛々と罪が追及されたそうだ。

ちなみに、目が覚めたら事件から六日後だったのには、さすがのユファテスも言葉を失った。

寝起きの喉はカラカラで、コレットに水を飲ませてもらっている時に、ユファテスの意識が戻ったのを聞きつけたディランが突入してきた。

その時はまだ喉の調子が悪く、彼の名前を呼びたくても呼べなかったけれど、ユファテスが起きている姿を認めた途端に抱きしめてきた彼の胸元によって、どのみち口は開けなかった。

起きたばかりでは状況も掴めなかったが、抱きしめてくる彼の身体が震えていたから、ユファテスはそっと彼の背中に腕を回して同じようにギュッと抱きしめた。

それからしばらく、見かねたジェイスがディランを引き剥がすまで、その状態は続いた。

そうして少しずつ回復していったユファテスに、あの事件後のことをディランが教えてくれたのだ。

あの時拘束したエルヴィーナは、裏取り調査のため軍本部にて身柄を勾留されたという。

その結果、今回の事件はすべて彼女ひとりが実行し、他は利用されただけだと立証された。

よって彼女の侍女にも、彼女に頼まれて物語を広めた吟遊詩人にも、もちろんお咎めはない。

現実問題として、彼らは特に罪を犯してはいない。侍女はちょっとユファテスに敵意を向けただけだし、吟遊詩人にいたっては自分の仕事をしただけだ。当然の措置とも言える。

他方で、エルヴィーナには重い罰が与えられるだろうとディランは話した。

なぜなら彼女は、言い方を変えれば、国家転覆を狙った重罪人だからだ。

裁判は後日行われるらしく、そこで彼女の刑は確定するらしい。

ユファテスはその話を黙って受け止めた。リズベルの時と違って、彼女を擁護する気持ちは湧かなかった。彼女は多くの人の好意を身勝手に利用しすぎたのだ。

ディランの話だと、エルヴィーナは処刑か終身刑の可能性が高いという。

『まあ、たとえ終身刑になったとしても、珍しい闇魔法使いだ。今後のための礎として国の研究機関が大いに利用することになるだろうな』

とかなんとか言って悪い顔で笑ったディランには、ちょっとだけ寒気がしたけれど。冷徹帝の一端を垣間見た気がした。

それと、エルヴィーナの犯行が公になることで、逆にリズベルには情状酌量の余地が認められそうな流れらしいとも聞いた。これにはホッと胸を撫で下ろしたユファテスである。

こうして事件は終息へ向かっていき、なんと皇都では今、エルヴィーナが流した『物語』の代わりに、闇魔法使いを倒す皇帝夫妻の愛と勇気の物語が流行り始めているという。

「――そんな……なんでそんなことになってるんですか」

「ふっ。おもしろいよな、人というのは」

恥ずかしすぎて両手で顔を覆うと、その甲にディランが口づけてくる。

手に伝わってきた感触でなにをされたかわかって、弾かれるように身を引いた。

ただ、ソファに隣り合って座っているので、身を引いたところで彼との距離は開《ひら》かない。

今ユファテスがいるのは、ディランの私室である。

というのも、彼の呪いが無事に解けて、ユファテスも昏睡状態からだいぶ回復したので、ついに部屋の引越しを行うことになったからだ。

これまでは、呪いのせいで理性を失ったディランが、いつユファテスを襲うともわからなかったために部屋を離されていた。

しかし、呪いが解けた今、もうその心配はない。

そういうわけで、皇妃に相応しい場所――皇帝であるディランの隣室――にユファテスの部屋を移そうという話になり、現在ユファテスの侍女やメイド、兵士も協力して引越し作業中なのである。

最初はユファテスも手伝おうとしたのだが、病み上がりなのだから大人しくするようコレットに注意され、ジェイスには追い出され、追い出されたユファテスをディランが確保し、彼の部屋に連れ込まれたというわけだ。

あまりに無駄のない連携だったので、三人は絶対にグルだと思っている。

そうして彼の部屋でふたりきりにされたのだが、実は事件後にふたりきりになったのはこれが初めてだった。

だからだろうか、いつになく緊張している。

最初はディランが気を遣って話を振ってくれて、その時に最近皇都で話題になっているという先ほどの『皇帝夫妻の愛と勇気の物語』について教えてくれたのだが、今はなんとなく、空気が変わったように感じる。

横から熱く見つめられて、その視線に耐えられなくなったユファテスは、手近にあったクッションを抱えてそこに顔を埋めた。

ディランがくすりと笑う。

「ユファテス、ようやくふたりきりになれたんだ。隠さずに俺に顔を見せて」

そんな甘い声でおねだりされると、余計に顔を上げられなくなる。

事件のゴタゴタで忘れそうになったけれど、彼の呪いが解けた時、ユファテスは自分の想いを告白したも同然なのだ。

しかも、ディランからはしっかりと告白された。

これまで誰かを愛したことも、愛されたこともなかったユファテスにとって、それを思い出せば彼とどう接すればいいのかわからなくなってしまった。

まだ顔を上げられないでいると、ディランの声が寂しげなものに変わる。

「俺はただ、君の顔を見て安心したいだけなんだ。事件の後からずっと目を覚まさなくて、君の朝焼け色の瞳を見ていないと落ち着かない。だから頼む、どうか顔を上げて。俺を見て」

必死な懇願に、ユファテスの胸が小さく痛んだ。ユファテスだっていたずらに彼を不安にさせたいわけじゃない。ただ恥ずかしくて、どうすればいいのかわからなくて、近くにあったクッションに逃げただけだ。

でも、自分の戸惑いと彼の不安を天秤にかけたら、どちらを優先すべきかは一瞬で決まる。

ユファテスはクッションに顔を押しつけながらも、おずおずとディランの方を向いた。

「……これで、いいですか?」

「ふはっ」

寂しげだった声が一転、彼が手の甲を口元に当てて噴き出した。

「なんで笑うんですかっ」

「いや、うん、悪い。でもかわいくて」

「かっ……!?」

「そうだよな、君が恋愛事に慣れていないのはわかりきっているのに、意地悪しすぎた。ごめん」

謝りながらも、彼は反省の色なく笑っている。

それが嫌だと感じないのは、その瞳がひどく愛おしげに自分を見つめてくるからだろうか。

「その言い方だと、陛下は慣れてるみたいです」

自分の口から突いて出た言葉に、ディランと同じようにユファテス自身もびっくりした。これではまるで拗ねているみたいだ。

こんなことを言うつもりなんてなかったのに、とすぐに撤回しようとしたのに、彼が蕩けたような顔をするから、ユファテスはなにも言えなくなってしまう。

「安心してくれ。俺も慣れてなんかいない。本気で好きだと思った女性は君だけだよ、ユファテス」

きゅうっと、胸の奥が甘く痺れる。あの時はエルヴィーナと対峙していたのもあって、ゆっくりとその言葉を実感できなかったけれど、今はじんわりと心に沁み込んでいく。

ディランの綺麗な指先が、ユファテスの顔にかかっている横髪を耳にかける。

金色の瞳から視線を外さないまま、ユファテスはクッションから顔を上げた。

「私も……私も好きです。本当はずっと、伝えたかったんです」

額にキスを受けて、互いに見つめ合う。

慣れていないけれど、ふたりとも自然と瞼を閉じていた。引き寄せられるように交わした口づけは、蜜のように甘くて、幸福感でいっぱいになる。

それを味わうように唇を食《は》まれて、ユファテスはびくりと身を震わせた。

深く、深く、すべてを搦め捕るようなキスに溺れる。

だんだん息が苦しくなってきたユファテスに気付いてか、ディランがそっと唇を離した。でも本当はまだ離れたくない互いの心情を表したように、間にふたりを繋ぐ銀糸が垂れる。

いつものユファテスなら、ここで羞恥心が限界に来ていただろう。

けれど今はそれよりも、好きな人に触れてもらえる幸せにもうちょっとだけ浸っていたい気持ちが勝《まさ》った。

視線はずっと絡み合ったまま。言葉にしなくても、どちらからともなく再び顔を寄せ合い、あとほんのちょっとでもう一度唇が触れ合えそうになった時。

「——陛下？　いらっしゃらないんですか？」

ノック音の後、間を空けずにジェイスの声が部屋の中に入ってきた。

「なんだ、いるじゃ——って、あー……なんかすみません」

「本当にな！」

距離の近いユファテスとディランを見て察したのか、ジェイスが気まずそうに頭をかく。

それだけでもうここから逃げ出したいほどのいたたまれなさに襲われて、ユファテスは再びクッションに顔を埋めた。

「いや、邪魔されたくないなら場所を選んでくださいよ！　浮かれる気持ちはわかりますけど」

「ここは俺の部屋だが？」

「陛下の前室《へや》は仕事場だったでしょ、少し前まで」

「それは呪われていた時だけだろ！」

「寝室でやってくださいって言ってるんです！」

「そんなことして俺が止められると思うのかおまえは!?　まだ昼間だぞ！」

「思いませんし昼はやめてくださいよ!?」

なんだかよくわからないふたりの攻防に、ユファテスは様子を窺うために顔を上げた。彼らはなんとも言えない微妙な顔をしていて、ユファテスはきょとんとする。

「だろ。昼はダメだろ、さすがに……」

「ですね。私が悪かったです……」

ふたりして長いため息をついている。

それで?とディランがジェイスに用件を促した。

「引越しが終わったんで、その報告です」

「そうか、ご苦労だったな」

ディランがユファテスを振り返ると、手を差し出してくる。

「君の部屋が整った。おいで、一緒に見に行こう。そこが今日から君が暮らす、皇妃の部屋だ」

「皇妃の、部屋」

「ああ。呪いが解けてやっと言える。――ユファテス。お飾りでも、政治的なものでもない、俺の本当の妻になってくれるか？」

本当の妻、と心の中で繰り返した。

本当の妻ということは。

「俺にたっぷりと甘やかされて、愛されてほしいんだ」

彼に愛されて、彼を愛してもいい、そんな立場になれるのなら――。

「はい、喜んで。これからもよろしくお願いしますね、旦那様！」

彼の手を取って、そのまま胸元に飛び込む。もう何度も優しく抱きとめてくれたそこは、ユファテスにとって世界で一番安心できる場所だ。

嫁いできた当初は、あんなに未来も希望もないと思っていたのに。

今はそのどちらもある。

そのどちらも、ディランとふたりで描いていきたい。

繋がった手を、なにがあっても離さないよう互いに強く握り合った。

END

あとがき

ベリーズファンタジースイート様では初めまして、蓮水涼です。

なにを語るよりも先に、この本をお手に取ってくださった読者の皆様に御礼申し上げます。ありがとうございます！

さて、今回このお話を書くにあたっては、レーベル名にある『スイート』を私はどこまで表現できるだろうか、というのが個人的に一番のテーマでした。だって『スイート』ですよ？ スウィイート。甘々にしたいじゃないですか！ 甘々イチャラブ！

するとディランが自然と積極的な男になってくれて、ユファテスが若干鈍感になりました。若干。書いているうちに「あれ、ディラン思ったよりいい奴じゃない？ しかもなんか過去に闇抱えすぎじゃない、つら」となったり、「ユファテス！ キミ恋を知らないのか！ そりゃ鈍感にもなるよ！」となったり、ふたりの友人のような感覚で筆を執っていました。書き終える頃にはジェイスが私の親友になってましたね。彼と一緒になってふたりの関係に突っ込んでました（笑）。だからか、個人的には一番お気に入りのキャラです。読者様にもそんな風にお気に入りのキャラを見つけてもらえていたら嬉しいです。

今後のふたりは、蓮水作品だとよくある傾向ですが、まあ見事にディランがユファテスに振り回されることになるんだろうなぁと思っています。もちろんユファテスは振り回している自覚はありませんが、惚れた弱みというヤツですね。そしてどんどん過保護になり、甘やかしたい欲求を募らせ、なるべく一緒にいられるように（今で言う）定時ダッシュを決め込む男になりそうです。むしろ〝定時〟という概念を作り出してそうですね。

そんな彼らの物語、楽しんでいただけましたでしょうか？　ニヤニヤしてもらえていたら本望です。

では、ここからは関係者様への謝辞を失礼いたします。

なんといってもまずは執筆のお声がけをしてくださった担当様、本当にありがとうございました。私はプロットを練るのが苦手で色々とご迷惑をおかけしてしまいましたが、不安になりながら送った原稿をおもしろかったと言ってもらえて自信に繋がりました。また、編集部の皆様にも的確なアドバイスをいただいたりと、すごく助けていただき、感謝の念に堪えません。

そしてイラストをご担当してくださったRAHWIA様、もうラフの段階で「ラフとは？」というくらい素敵すぎて感動しました。人間陛下はかっこいいのに、ケモ耳陛下はかわいくて、ギャップが最高でした！　また、校正、デザイン、印刷、営業等本作の出版にご尽力くださった皆々様にも、心から御礼申し上げます。

皆様とまたいつか、どこかでお会いできることを祈って――。

蓮水《はすみ》　涼《りょう》

冷徹帝には本命がいるらしいので、
お飾り妃は好きに生きます
～魔力なしでお役御免のはずが、想定外の溺愛が始まりました～

2024年7月5日　初版第1刷発行

著　者　蓮水　涼

発行人　菊地修一

発行所　スターツ出版株式会社

〒104-0031　東京都中央区京橋1-3-1　八重洲口大栄ビル7F
TEL　03-6202-0386（出版マーケティンググループ）
TEL　050-5538-5679（書店様向けご注文専用ダイヤル）
URL　https://starts-pub.jp/

印刷所　大日本印刷株式会社

ISBN　978-4-8137-9347-2　C0093　Printed in Japan

［蓮水　涼先生へのファンレター宛先］
〒104-0031　東京都中央区京橋1-3-1　八重洲口大栄ビル7F
スターツ出版（株）　書籍編集部気付　蓮水　涼先生

BF Sweet
ベリーズファンタジー
スイート

ワクキュン！　心ときめく

ベリーズファンタジースイート

定価：1430円（本体1300円＋税10%）　ISBN 978-4-8137-9225-3